KB040692

다음 세대를 생각하는
인문교양 시리즈

아우름 07

새로운 생각은
받아들이는 힘에서 온다

시인의 마음으로 보고 듣고 생각하고 표현하기

김용택 지음

샘터

받아들이는 힘이 세상을 새롭게 그려 낸다

나는 섬진강변 작은 마을에 태어나 자라, 그 작은 마을에 있는 작은 초등학교에서 평생을 살았습니다. 아니 평생이 아니라 내 나이 60세 되던 해에 그 학교를 퇴직했습니다. 퇴직한 지 벌써 8년이 되어 갑니다.

학교에서 퇴직하고 그 이튿날 유럽을 여행하게 되어 공항에 갔습니다. 서류를 작성하는데, 직업란에 쓸 내 직업이 하루 만에 사라져 버렸습니다. 정말 놀랐습니다. 충격이었지요. 그때 잠깐 아득했던 그 캄캄함이 지금도 나를 놀라게 합니다.

여행을 갔다 와서 강연을 다니기 시작했습니다. 나를 찾는 곳이 그렇게 많다니, 정말 감당하기 어려웠습니다. 몇 가옥 안 되는 작은 마을에 태어나 그곳에서 초등학교를 졸업하고, 이웃에 있는 순창에서 중학교와 고등학교를 나와 내가 다녔던 초등학교 선생이 되어 주로 2학년 몇 명하고 평생을 살았는데, 사람들이 나를 찾았습니다. 학교에 근무할 때보다 훨씬 바쁜 생활을 하며 나는 삽니다. 바쁜 것이 다 꼭 좋은 것은 아니지만 말입니다.

내가 강연을 다니며 주로 하는 이야기는 농부들이 나에게 가르쳐 준 이야기와 아이들이 나에게 가르쳐 준 이야기들입니다. 우리 마을 농부들은 학교를 다닌 사람이 몇 분 되지 않았습니다. 평소에 책도 안 보고 우리가 생각하는 학교 공부도 따로 안 합니다. 그런데 내가 사는 작은 마을에서 살아가는 데 아무 지장이 없습니다. 농부들은 자연이 하는 말을 잘 듣고 자연이 시키는 일을 잘 따르며 살았습니다. 자연의 생태와 순환 속에서 살아가는 이치를 배우고 따르며 살았던 것이지요. 나는 그런 농부들의 삶을 배웠습니다.

그런 모습을 보고 살면서 내가 평생 의문을 품었던 것이, '공부란 무엇일까', '공부는 왜 하는 것일까', '공부를 해서 어디다가 써먹을까'였습니다. 우리가 생각하는 학교, 우리가 생각하는 공부, 우리가 생각하는 잘 산다는 것들을 생각하게 되었지요.

　나는 초등학교 2학년에게서 많은 것을 배웠습니다. 아이들에게 정직과 진실을 배웠습니다. 진심으로 살고 싶은 삶의 태도를 배웠습니다. 정직과 진실을 알아 가면 두려움도, 부러움도 사라집니다. 얻고 싶고, 되고 싶고, 이루고 싶은 것도 그리 많지 않습니다. 사는 것이 좋지요. 내가 하는 일이 좋지요. 늘 지금이 좋습니다. 아이들은 그렇게 살지요. 정직하고 진실하게 진심으로 살려고 노력하면 삶이 진지하고 진정성을 따르게 됩니다.

　그렇게 되면 세상의 모든 것들이 늘 새롭지요. 눈부시지요. 신비롭지요. 찬란해요. 모든 것들이 새롭고 신비로우니, 삶이 감동적일 수밖에요. 감동은 느끼고 스며들어 생각을 바꾸고 행동을 바꾸어 나를 바꾸는 힘을 발휘하게 됩니다. 나는 초등학교 2학년에게 그렇게 많은 것들을 배웠습니다.

나의 강연은 농부들이 가르쳐 준 것들, 초등학교 2학년 아이들이 가르쳐 준 것들을 잘 전해 줄 뿐입니다. 나의 글도 농부들이 자연을 보고 하는 말과 아이들이 사는 모양을 받아 적었을 뿐입니다. 내가 사는 강변 작은 마을의 그 모든 것이 다 내 책이었습니다. 공부하는 학교였습니다. 그리고 그것들이 곧 글이 되었습니다.

　　이 책은 그동안 했던 강연을 녹취해서 다음 세대에 맞게 다듬고 보충한 것입니다. 한 권의 책으로 정리해 놓고 보니 그동안 내가 써 놓았던 글들을 다시 정리한 셈이 되었습니다.

　　우리들은 이제 오래 삽니다. 우리들은 이제 두 번 살아야 합니다. 공부하고 취직해서 60세까지 살고 퇴직해서 도로 그만큼을 살아야 합니다. 농부들과 아이들이 나에게 가르쳐 준 것들이 지금 우리가 사는 세상과 딱 맞아떨어지는 공부입니다. 공부 잘하는 것도 좋지만, 자기가 좋아하는 것을 찾아야 합니다. 좋아하면 열심히 하고 열심히 하면 잘하게 됩니다. 오래 살기 때문에 자기가 좋아하고 잘하는 것을 평생 하면서 살아야 합니다.

이상한 말 같지만, 우린 공부를 너무 많이 합니다. 아는 게 너무 많아요. 아는 것을 써먹기도 전에 다른 것을 알아야 합니다. 가만히 생각해 보면 몰라서 힘이 드는 게 아니라 아는 것을 써먹지 못해 힘들어 합니다. 나는 아는 것을 써먹고 우리가 어떻게 살고 있는가를 전해 주러 다닙니다.

나는 나무를 좋아합니다. 강물을, 바다를, 비가 오고 눈이 오는 것을 바라보는 일을 좋아합니다. 나무는 정면이 없습니다. 경계를 하지 않습니다. 나무는 늘 완성되어 있고, 볼 때마다 다릅니다. 왜 그럴까요. 왜 늘 완성되어 있는데, 왜 늘 달라 보일까요. 나무는 바라보는 쪽이 정면이고, 볼 때마다 다르기 때문입니다.

볼 때마다 다르다는 말은 자기에게 오는 모든 것들을 다 받아들인다는 말입니다. 나무는 햇빛과 바람과 물을 받아들여 자기를 늘 새롭게 그립니다. 눈이 오면 눈을 받아 들고 새로운 모습을 우리들에게 보여 주지요.

받아 드는 힘, 그 힘이 세상을 새롭게 창조하는 힘입니다. 공부란 실은 세상에서 일어났던 일과 일어나고 있는 일과 일어날 일을 받아들여 세상을 새롭게 그려 내는 힘입니다.

나는 몇 년간 전주에서 살았습니다. 새해엔 내가 태어나 살던 집으로 돌아갑니다. 많은 분들이 나를 도와주었습니다. 또 다른 삶이 나를 기다리고 있습니다. 나는 이제 새로운 삶에 도착하였습니다.

2015년 11월

김용택

1장.

보는 것이
세상 모든 것의
시작이다

지금 우리 아이들에게 필요한 것은
무엇을 바라보는 일이다.
산을 바라보고, 밤하늘의 별을 바라보고,
사람들의 모습을 바라보고,
눈이 오고, 바람 불고, 꽃 피고, 새가 우는
우리들의 삶을 바라보는 일을 가르쳐야 한다.
바라보아야 무엇인지 알고
무엇인지 알아야 이해가 되고
이해가 되어야 그것이 내 것이 된다.
그럴 때 아는 것이 인격이 된다.

보는 것이 세상 모든 것의 시작이다

임실 하면
뭐가
유명하지요?

나는 전북 임실에서 태어나 임실에 살고 있습니다. 임실 하면 뭐가
유명합니까? (치즈!) 다시 묻겠습니다. 제가 임실에 살고 있습니다.
임실 하면 뭐가 유명합니까? (김용택 시인!) 하하 맞아요. 나를 만나
러 왔으면 나를 찾아야지, 치즈를 찾으면 안 되겠지요.

　나는 임실에 사는데, 임실은 치즈가 유명해요. 강연 갈 때마다 꼭
물어봅니다. "임실 하면 뭐가 유명해요?" 하고. 그러면 사람들은 다
'치즈'라고 말해요. 그런데 한 번 물어보고, 두 번 물어보면 다 '김용
택'이라고 대답합니다. 얼른 눈치를 채는 거지요. 여러 번 물어봐도
계속 "치즈, 치즈" 하는 사람들도 있어요. 그런 사람들은 공부를 못하

　　　　　　　　　　　　새로운 생각은 받아들이는 힘에서 온다

는 사람들입니다.

공부란 뭘까요? 왜 공부를 하는 것일까요? 공부를 해서 어디다
가 써먹을까요? 아마 우리나라처럼 사람들이 공부를 많이 하는 나
라도 없을 겁니다. 이렇게 강좌나 강연을 하는 곳이 아마 하루에 천
곳은 넘을 것 같아요. 마치 공부가 전부인 것처럼 공부들을 합니다.

어떤 때는 저렇게 공부를 하는데, 왜 우리들의 일상은 이렇게 불
안하고 뭔가 초조하기만 할까 하는 생각이 들어요. 옛말에 '알면 병
이고 모르는 게 약'이란 말이 있는데 아마 너무 많이 알아서 더 불안
한 게 아닌가 하는 생각이 들 때도 있습니다.

공부를 왜 하느냐고 물으면 이렇게 대답해요. "취직하려고요." 우
리는 '공부' 그러면 '학교', 그리고 '취직'이에요. 여러분도 다 좋은 대
학 가고 취직해야 되잖아요. 햐, 불쌍해요. 꿈이 취직이에요. 세상에
취직이 꿈이라니? 직장이 꿈이라니?

일자리는 적고 취직할 사람들은 많으니, 정말 있는 힘을 다해 공
부해서 좋은 직장에 들어가고, 그래서 돈 벌고 결혼하고 집 사고 아들
딸 키우고 편하게 먹고살아야 한다는 것을 나인들 어찌 모르겠어요.

그런데 말입니다. 여러분이 원하는 직장은 얼마 안 되거든요. 몇
개의 직장을 제외한 다른 곳은 마치 직장이 아닌 것처럼 생각한다니
까요. 세상을 가만히 들여다보면 모두가 다 일을 하며 삽니다. 그런
데 사람들은 어머니가 집안일을 하는 것을 직업이 아니라고 생각해

요. 찻집에서 일하면서 그곳을 직장이라고 생각하지 않는다니까요.

여러분이 살고 있는 세상, 여러분이 살아 나가야 할 세상은 1960년에서 1990년대의 상황과는 많이 다릅니다. 자연에서 일어나는 현상들을 보면 그간 우리 인간들이 쌓아 왔던 모든 지식을 다 동원해도 해결할 수 없는 일들이 벌어집니다. 도저히 감당을 못 하는 일들이 벌어지는 거지요.

내가 어렸을 때는 '삼한사온三寒四溫'이라는 게 있었어요. 겨울에 사흘은 춥고 나흘은 따듯했어요. 하루하루가 저절로 오는 게 아니라 오고 가는 질서라는 게 있었지요. 자연이 인간들에게 따듯한 날을 하루 더 주었던 것입니다. 그런데 삼한사온이 사라진 지가 오래되었습니다. 삼한사온이 흐트러지면서 사람들이 사는 세상의 질서도 무너졌습니다. 인간들의 삶이 자연을 죽이면서 자기들도 자연을 따라 죽지요. 죽이면 죽습니다.

몇 해 전에 뉴욕에 샌디라는 태풍이 불었어요. 뉴욕 한쪽이 일주일 동안 전기가 안 들어와서 모든 것이 정지되었습니다. 지하철, 관공서, 상점, 화장실……. 우리 인류가 그동안 수도 없이 많은 걸 만들어 내고 잘 사는 줄 알았는데, 전기가 안 들어오니 우리가 만들어 온 문명이라는 것이 아무 소용없었습니다.

올해도 사실 날이 가물었어요. 옛 어른들은 날이 가물면 이런 말을 했어요. "7년 가뭄에 비 안 오는 날 없다." 올해가 그런 해 같아요.

비가 왔어요. 농작물들은 크게 손해가 없는 편이었지요. 그런데 가물어 난리가 났어요. 내가 태어나 우리 동네 앞 강물이 이렇게 마른 적이 몇 번 안 된 것 같아요.

자연에서만 그런 기현상이 일어나는 것이 아닙니다. 우리가 사는 인간 사회 속에서도 전혀 경험하지 못했던 일들이 벌어집니다. 세월호 참사나 메르스 사태 같은 도저히 상상할 수 없는 일들이 일어났잖아요? 대책이 없어요. 무서워요. 감당을 못 하는 거지요.

어마어마한 정부 조직이 메르스 때문에 꼼짝을 못했잖아요. 자연스러운 생리 현상인 기침도 못 했어요. 아버지가 기침을 해도 깜짝 놀라고 겁이 났잖아요. 메르스 때문에 사람들을 못 모이게 했어요. 사회라는 게 두 사람 이상이 모여 공동체를 이루며 사는 것인데, 못 모이게 한 것이지요. 공동체에 대한 의심이 들었지요.

공부란 이렇게 자연이나 인간 사회 속에서 일어나는, 감당할 수 없는 충격을 받아들여서 생각을 바꾸고, 행동을 바꾸는 것입니다. 행동을 바꾸면 내가 바뀌고, 내가 바뀌면 세상이 바뀝니다. 공부란 지식을 쌓아 가는 게 아니라 지식을 얻어 나를 바꾸고 세상을 바꾸는 것이지요.

어떻게 바꿀 것인가? 어떤 세상으로 우리가 사는 세상을 바꾸어 갈 것인가? 인간다운 삶으로 바꾸는 것이지요. 인간다운 삶이란 무엇일까요? 인간을 귀하고 소중하게 생각하고 가꾸는 일이지요. 모든 지식은, 모든 공부는 우리의 삶을 인간다운 삶으로 바꾸고 가꾸는 거예요. 그러자고 공부를 하는 겁니다. 어떤 일이 있어도 사람을 지켜 내자는 것이지요.

"제가 임실에 사는데 임실 하면 뭐가 유명하지요?" 물으면 사람들은 "치즈요, 치즈" 그래요. 그래서 내가 다시 물어보면 '약간 뭔가 이상하다' 하다가 세 번쯤 물어보면 모두 "김용택이요" 합니다. 사람들이 생각을 바꾸는 것이지요. 생각을 바꾸면 금방 말이 바뀌고 행동이 달라집니다.

작고
하찮은 것들이
전부다

강연이나 일 때문에 자주 서울에 올라오는데, 전주에서 차를 탑니다. 예전에는 차를 타면 책을 봤는데, 요즘은 잠을 잡니다. 전주에서 정안휴게소까지 한 시간 20분 정도가 걸리는데, 거기까지는 자요. 정안휴게소에서 잠이 깨면 거기서부터는 창밖 풍경을 봅니다. 승용차를 타고 다닐 때하고, 기차를 타고 다닐 때하고, 버스를 타고 다닐 때하고 창밖의 풍경이 전혀 달라요. 차 높이도, 빠르기도 달라서 풍경이 달라집니다.

오늘은 정안을 오면서 잠을 자는데 빗소리와 동시에 천둥소리가 크게 들렸습니다. 도대체 이게 뭔 일인가 하고 눈을 떠 봤더니 소낙

비가 쏟아지는 거예요. 앞이 안 보이게 소낙비가 내리더라고요. 정안을 지나고 천안을 오는데 비가 거짓말같이 뚝 그쳤어요.

내가 천안을 지나면 꼭 보는 게 하나 있는데, 달을 자로 재서 절반으로 갈라놓은 것 같은 반달 모양의 논이 있습니다. 지금은 들판이 파랗게 에메랄드색이지요. 그런데 가을이 되면 샛노래져요. 계속 사진을 찍으려고 하는데, 차가 빨리 달리니까 못 찍었어요. 그런데 오늘은 다른 논을 또 하나 발견했어요. 놀랍게도 정삼각형 모양의 논이 있는 거예요. 새로운 발견이지요.

옛날에 농사짓는 사람들은 힘든 노동을 하면서 노래를 불렀어요. 일과 놀이를 따로 구분하지 않고, 일을 놀이로 만들었지요. 모내기할 때 술을 마시는데 힘이 들면 노래를 해요. 그때 부르는 노래 중에 '서 마지기 논배미가 반달만큼 남았네. 네가 무슨 반달이냐, 초승달이 반달이제' 하는 노래가 있어요. 서울 오는 길에 반달 논을 보고 정삼각형의 논을 보면서, 농부들의 일과 놀이를 잠깐 생각했습니다.

봄에는 서울 가까이 오면 도로가에 꽃들이 정말 많이 피어 있어요. 4월이면 눈을 감을 수가 없을 정도로 꽃들이 만발합니다. 1분 1초가 아까워요. 여기도 저기도 눈 가는 곳마다 온통 꽃이니 눈이 너무 바빠서 눈이 안 붙어요. 또 길 양쪽 산에 참나무가 얼마나 많은지 모릅니다. 참나무 새순이 막 돋아나는데, 그렇게 예쁠 수가 없어요.

가을이면 또 얼마나 단풍이 고운지 몰라요. 어쩔 줄을 모른답니

새로운 생각은 받아들이는 힘에서 온다

다, 나는. 논두렁의 억새들, 여기저기 눈이 가는 곳마다 단풍 물든 나무들의 모양이나 샛노랗게 물들어 가는 벼들 때문에 또 눈이 바빠져요. 겨울에는 차창에 눈발들이 부딪쳐요. 들판 가득 내리는 눈이나, 눈이 가득 쌓인 하얀 들과 도시를 보며 나는 서울과 전주를 오갑니다.

강연이 끝나고 내려갈 때는 대개 밤에 가는데 고속버스를 탑니다. 기차는 내가 잠들어 버리면 전주를 지나 여수까지 갈 수도 있잖아요. 전주 가는 고속버스의 종점은 전주니까 마음 놓고 푹 자도 되지요.

고속버스를 타고 서울 터미널에서 나오면 주유소가 하나 있는데, 어떤 때는 그 주유소까지는 기억이 나요. 그러고 깜빡 잠이 들어요. 깜빡 잠이 들었는데 차가 안 가는 거예요. '왜 차가 안 가지?' 그러면서 눈을 뜨면 전주예요. 한 5초 잔 것 같은데 말이지요. 순간 이동 같아요.

무슨 말을 하려고 하느냐면, 우리들은 늘 크고 거대한 것만 찾아요. 큰 것만 찾는 거지요. 그런데 사실은 크고 거대한 것은 우리 것이 아닌 것이 많아요 내 것이 아닌 게 많지요. 작고 소소한 것들은 내 것이 될 수 있지요. 들꽃, 눈보라, 빗방울, 바람, 우리 주위에 있는 사물들을 자세히 보면 아름답지 않은 것 하나 없고, 소중하지 않은 것 하나 없어요. 다 귀하고 소중하고 아까운 것들입니다. 그게 내 것이고 우리 것이지요. 다 예뻐요. 작고 사소한 것들을 바라보는 예쁜 마음이 세상을 귀하게 생각하고 가꾸는 마음을 키웁니다.

사람들은 하루 종일 네 가지 일을 하며 지냅니다. 그 가운데 하나는 보는 것입니다. 잠에서 깨자마자 우리는 무엇인가를 보게 됩니다. 눈을 감지 않는 한 사람들은 늘 무언가를 보고 있습니다. 이 세상의 모든 아침은, 처음은, 출발은 보는 것으로부터 시작되지요.

두 번째는 듣는 것입니다. 우리의 귀는 늘 열려 있어서 온종일 무엇인가를 들으면서 삽니다. 듣기 싫어도 듣게 됩니다. 창밖에서 들려오는 새소리, 바람 소리, 자동차 소리, 친구들이 떠드는 소리, 엄마가 설거지하는 소리, 누군가 나를 부르는 소리……. 그런데 이 소리들을 모두 귀담아듣지는 않습니다. 세상의 많은 소리들 가운데 내 귀로 찾아 들어와 내 마음을 움직이게 하는 소리가 있을 때, 우리는 그 소리를 들었다고 말합니다. 내 마음의 문을 열고 들어와 내 마음을 움직인 그 소리가 바로 내 소리입니다.

또 하나는 생각하는 것입니다. 보고 들으니까 자연히 생각이 일어나겠지요. 사람들은 하루 종일 생각을 하며 삽니다. 생각을 하기 싫어도 하게 됩니다. 사람들이 이렇게 물을 때가 있습니다. "지금 너 무슨 생각 하고 있니?" 이 물음을 들었다고 상상해 보세요. 그리고 대답을 생각해 보세요.

또 하나는 표현하는 일입니다. 표현이란 보고 듣고 생각한 것을 정리해서 드러내는 일입니다. 말을 하고, 손짓을 하고, 발을 구르고,

새로운 생각은 받아들이는 힘에서 온다

웃고, 울고, 노래를 부르고, 춤을 추고, 그림을 그리고, 휴대전화를 만들고, 집을 짓고, 영화를 만들고, 찻길을 내는 일들이 다 보고 듣고 생각한 것들을 모아 표현하는 일입니다. 표현을 할 때 사람들은 아무렇게나 하지 않고 논리에 맞게 정리를 합니다. 생각을 논리적으로 정리해서 무엇인가를 만들어 내는 것이 표현입니다.

보기 싫다고 안 보고, 듣기 싫다고 안 듣고, 생각하기 싫다고 생각을 안 하고, 말하기 싫다고 말을 안 하고 살 수는 없습니다. 사람은 자기 마음대로만 살 수 없는 사회적인 동물입니다.

오늘 여러분과는 우리 주위에 있는 사물들을 자세히 보는 것에서부터 이야기를 시작하려 합니다.

오래된
마을 이야기

나는 임실에서 태어나서 자랐습니다. 임실읍에서 차를 타고 한 20분 가면 덕치면이라는 조그마한 면 소재지가 나와요. 지금은 도로가 잘 뚫려서 임실읍에서 덕치면까지 금방이지만, 옛날 같으면 버스를 타고 한 시간 20분 정도는 가야 하는 거리입니다. 덕치면 소재지에서도 한 4킬로미터쯤 떨어져 있는 곳에 장산리라는 아주 작은 마을이 있습니다. 강가에 있는 그 마을이 내가 태어나서 자라고 살고 있는 곳입니다.

오른쪽 사진에 보이는 곳이 우리 마을이에요. 가난해 보이지요? 이 사진은 조금 오래되었습니다. 옛날에는 서른다섯 가구까지 살았

| 《섬진강 이야기》에 실린 마을 전경. 황헌만 사진작가가 찍은 것이다.

는데, 지금은 열세 가구 정도가 살고 있습니다. 2012년까지만 해도 인구가 27명이었는데, 이장님 어머니와 성민이 할머니가 돌아가셨어요. 또 저희 어머니가 전주 병원에 계십니다. 그래서 24명이 되었습니다.

우리 동네 사람들은 동네의 인구 변동 사항을 정확하게 파악하고 있습니다. 동네 사람들의 동향을 동네 사람들이 알고 있다는 것은 아주 중요합니다. 옛날에는 누구 집 소가 새끼를 언제 낳고 누구 집 누구 제삿날이 언제인지, 누구 생일이 언제인지도 서로 잘 알고 있었지요. 누구 집 숟가락이 몇 개인지도 알고 있었다는 말이지요.

보는 것이 세상 모든 것의 시작이다

여기(제일 윗집)가 한수 형님네 집이고, 여기(오른쪽 끝 집)가 윤환이네 집입니다. 윤환이는 내 친구고, 한수 형님은 나보다 나이가 열 살 정도 많습니다.

어른들 말에 의하면, 임진왜란 때 피난을 왔다가 그냥 이곳에 정착해서 마을을 만들어 살았답니다.

옛날에 사람들이 마을을 만들 때는 마을 터가 굉장히 중요했어요. 아무 데나 마을을 만든 게 아닙니다. 우리나라의 많은 마을들을 보면 마을 뒤에 산이 있어요. 마을이 산을 기대고 앉아 있지요. 서울은 북한산이 뒷산입니다. 산을 배경으로 삼은 거지요.

뒷산이라는 말은 어쩐지 우리에게 정다운 느낌을 갖게 합니다. 어쩐지 든든한 느낌을 줍니다. 뭔가 기대고 있으면 든든하잖아요. 의자에 등받이가 있어야 든든하듯이 말입니다.

그리고 마을 앞으로 물이 흐르고 있으면 어쩐지 풍요로워 보여요. 산은 뒤에서 그 자리에 가만히 있고 물은 앞에서 흘러요. 서울은 한강 물이 흐르고 있지요? 사람들이 사는 마을에 물이 있다는 것은 물리적으로나 정신적으로 축복입니다.

그리고 안산이 있어요. 산 안에 산이 하나 있습니다. 서울의 안산은 남산이지요? 아침에 문을 열었는데 너무 멀리 툭 터져 있으면 불안하지요. 그래서 안산이 필요했습니다. 산 안에 산이 있다는 것은 정서적으로 사람들의 마음을 안정시켜 줍니다.

| 마을 뒤편에 의연하게 자리 잡고 있는 500년
된 느티나무. 마을을 만들 때 심은 이 아름드리
나무는 마을과 나이가 같다.

우리 동네는 안산이 필요 없어요. 바로 앞에 물을 건너면 산이니
까. 우리 동네 앞산은 너무 가까이 있어서 답답해요. 앞산이 높으면
뒤가 무르다고 해요. 파르르 분노하다가 금방 식어 버리고 꼬리를
내린다는 뜻이지요. 실은 내가 그러거든요.(웃음)

마을을 만들 때 사람들은 마을의 뒤와 앞에 나무를 심어 가꾸었
어요. 사진에 보이는 이 나무는 500년쯤 됐다고 해요. 500년 전에

사람들이 임진왜란 때문에 피난을 왔다가 여기에 살아야겠다고 생각하면서 나무를 심어 가꾼 것이지요.

마을 앞이나 뒤에 심어 가꾸는 나무는 수령이 길고 모양이 우람한 느티나무나 팽나무를 많이 심었습니다. 마을에 있는 커다란 나무를 사람들은 당산나무 또는 정자나무라고 하는데, 당산제를 지내면 당산나무고, 나무 밑에 정자를 지으면 정자나무라고 하지요.

마을 앞과 뒤에 나무를 심어 크게 가꾸는데, 이게 마을의 기본 구성이에요. 여러분은 그냥 보아 넘기지만 우리나라 어느 마을을 가든지 동구에 들어서면 큰 팽나무, 느티나무가 있습니다. 어떤 마을에 가보면 마을 앞과 뒤에 숲을 가꾸어 놓은 곳도 있지요.

그것 또한 다 소용이 있어서 만든 것입니다. 마을 북쪽에 숲을 만들어 겨울바람을 막기도 하고, 마을 앞에 심어 추운 바람을 막기도 했습니다. 이렇게 다 마을에 소용이 되는 나무를 심어 가꾸었습니다. 우리 마을 앞에 있는 느티나무는 300년쯤 됐어요.

여름이 되면 동네 아이들이 마을 앞 강물에 나가 놉니다. 어른들 키가 넘게 깊은 곳도 있어서 잘못하면 물에 빠져 사고를 당할 수도 있어요. 나이가 들어 일을 못 하는 할아버지들이 마을에 있는 이 느티나무 아래 모여 놉니다. 느티나무 아래에서 놀면서 아이들이 강가에서 노는 것을 살펴요.

아이들이 놀다가 깊은 물에 빠져 허우적거리면 할아버지들이 입을 모아 "사람 죽네!" 하고 고함을 지릅니다. 그러면 여기저기에서 일을 하고 있던 마을 사람들이 달려와서 애들을 물에서 구해요. 300년 동안 이 느티나무가 보이는 강물에서는 단 한 사람도 죽지 않았다고 해요. 얼마나 마을 앞을 잘 지켰어요. 대단하지요?

여름이 되면, 점심을 먹은 마을의 모든 남자들이 이 나무 밑으로 모여들어요. 애들부터 어른까지 나와서 나무 그늘로 모여들어 낮잠도 자고, 장기도 두고, 애들 싸움도 붙이고, 씨름도 하고……. 휴식 시간 겸 체육 시간이었어요. 단오 때는 그네도 타고, 씨름 대회도 하고 돌 던지기 시합도 하고, 큰 돌 들기 시합도 해요.

마을의 모든 크고 작은 일들이 여기서 일어나고 여기서 마무리가 됩니다. 지금으로 말하면 의사당이었지요.

"모내기도 끝나 가는디, 돼지 한 마리 잡아야제."

누군가 이렇게 한마디 던지면 사람들이 갑자기 돼지 잡아먹는 일에 너도 나도 한마디씩 던지기 시작합니다. 몇 근짜리 돼지를 잡을 것인지, 누구네 집 돼지를 잡을 것인지에 대해 모두들 한마디씩 하다 보면 말싸움이 시작되지요. 그러다가 점점 목소리가 커지기 시작하고, 의견이 분분하다 보면 편이 갈라집니다.

그동안 쌓인 이런저런 감정들이 되살아나 격해지면 일어나 멱살을 잡고 싸움을 하지요. 그런데 그 싸움판 와중에 아무 소리도 안 하고 짚신만 삼거나 강물만 하염없이 바라보는 사람들도 있지요. 슬며

시 자리를 뜨는 사람도 있고요. 그러다가 돼지 잡는 일이 한동안 사라집니다.

며칠 있다가 어떤 사람이 "그 돼지 어떻게 되았어?" 하면 또 달려들어 '싸움 회의'(?)가 시작됩니다. 그러다 보면 의견이 모아집니다. 몇 근짜리를 잡을까, 뉘 집 돼지를 잡을까, 언제 잡을까를 놓고 또 갑론을박 싸움이 시작되고 끝나면서, 의견의 일치가 이루어져 돼지를 잡게 되지요. 돼지를 잡자는 말이 나오고 한 두어 달이 지나야 동네에서 돼지 죽는 소리가 나게 됩니다.

그러니까 느티나무는 마을의 크고 작은 모든 일이 일어나고 토론이 이루어지고 마무리가 되는 민주주의의 전당이었던 것입니다. 느티나무 밑에는 당산제를 지낼 때 쓰는 커다란 돌이 하나 놓여 있는데, 그 돌에는 마을의 제일 어른이 앉아 마을 사람들의 의견을 듣고 모아 결정을 내주었어요. 요샛말로 하면 의회 의장인 셈입니다.

평소에도 마을에서는 서로 다투고 싸우는 일이 잦지요. 사람들이 다 싸우고 나면 그분이 데려다가 앉혀 놓고 "이건 이렇고 저건 저렇고 자네가 잘못했네" 하고 옳고 그름을 판단해 주었습니다. 그러면 동네 사람 누구도 그 판단에 이의를 제기하지 않았습니다.

나는 저 마을에서 태어났어요. 오른쪽에 보이는 두 집 중에 기와집이 우리 집이고 연기 나는 집이 큰집입니다. 나는 큰집에서 태어나서 기와집에서 살고 있습니다. 동네의 모든 집들이 한국전쟁 때 불

새로운 생각은 받아들이는 힘에서 온다

타 없어지고 피난 갔다 와서 새로 지었지요. 내가 사는 집은 한 60년
쯤 되었습니다.

여든여덟 개의
징검다리를
다 건너가려면

우리 마을 한가운데에는 강을 건너는 징검다리가 있습니다. 마을 한쪽 끝에 있는 한수 형님네 집하고 또 다른 한쪽 끝에 있는 윤환이네 집의 중간 지점에 징검다리가 놓여 있어요.

우리 동네 사람들은 하루에도 몇 번씩 징검다리를 건너다녀야 합니다. 그런데 징검다리가 윤환이네 집 쪽에 있으면 한수 형님이 징검다리를 건널 때 부당하다는 억울한 생각이 들겠지요. 윤환이도 마찬가지지요. 징검다리가 한수 형님 집 가까운 데 놓여 있으면 윤환이가 또 얼마나 억울하겠어요.

그런데 기가 막히게도 이 징검다리가 마을 한가운데에 놓여 있다

새로운 생각은 받아들이는 힘에서 온다

는 것이지요. 요새 사상으로 말하자면 좌도 우도 아니고 진보도 보수도 아닌 중도(?)라고나 할까요. 이의가 없는 아름다운 균형이지요.

이 징검다리의 크고 작은 징검돌들은 지난 500년 동안 단 하나도 떠내려가지 않았습니다. 내가 사는 섬진강의 상류는 바위와 큰돌들이 많아요. 큰비가 오면 큰물에 돌들이 떠내려갑니다. 큰비가온 밤이면 돌들이 굴러가는 소리가 우글거려 잠을 못 잘 때도 있어요. 그렇게 돌들이 굴러가며 깨져서 전남 곡성쯤 가면 하얀 자갈들이 강변에 깔리지요. 그 자갈들이 또 큰물에 굴러가며 부서져 하동에 가면 하얀 백사장이 됩니다.

그런데 우리 마을에 있는 이 징검돌들은 오랜 세월 동안 떠내려가지 않았어요. 아주 큰물이 불면 몇 개가 약간 비틀어져 있거나, 두어 개가 한 서너 발 아래로 떠내려가 있을 때도 있었지요. 그러면 사람들이 단오 무렵에 징검돌의 제자리를 찾아 주었습니다.

대단하지요? 이 다리를 놓은 사람들은 정확하게 물의 흐름과 속도, 그 힘을 파악했던 것이지요. 자연을 이용한 이 징검다리가 우리마을의 유일한 축조물이었습니다. 물의 깊이에 따라 크고 작은 돌들이 물의 흐름을 방해하지 않았고, 징검돌을 곡선으로 놓아 물의 힘을 분산시켜 주었지요.

징검돌이 시작되는 곳에서는 작은 돌이었다가 강물의 깊이에 따라 점점 큰 돌이 되고, 다시 강 건너에 다다를수록 돌들은 또 작아졌습니다. 징검돌들을 멀리서 가져온 것도 아니고, 크게 신경 써서 고른 흔적도 없어 보입니다. 사람들이 만든 징검다리지만 정말 말 그대로 자연이었지요. 아름답기도 하고 과학적이기도 했던 것이지요.

그런데 어느 날 학교에서 퇴근해 보니, 포클레인이 500년 된 저 징검다리를 한나절 만에 다 파서 강둑을 쌓고 있었습니다. 그래서 이 징검다리가 없어져 버렸어요. 슬프고 괴로웠지요. 그 고통의 통증은 지금도 계속됩니다. 지금도 그 생각을 하면 벌벌 떨릴 때가 있어요. 어떻게 그럴 수가 있느냐 말입니다.

오른쪽 사진 위쪽을 보면 처녀가 머리를 감고 있어요. 이 세상에서 가장 아름다운 여인의 모습은 산그늘 내린 강물에 머리를 감고 뒤로 탈탈 털 때지요. 삼단 같은 처녀의 머리에서 지는 햇살에 물방울들이 튀어요. 나는 이 사진으로나마 사라진 징검다리에 대한 위안을 삼곤 합니다.

이 징검돌들은 모두 여든여덟 개입니다. 여기 첫 돌에서 강 건너 끝에 있는 징검돌까지 물에 안 빠지고 건너가려면 몇 살이 되어야 할까요? 몇 살쯤 되면 물에 안 빠지고 저 징검다리를 모두 건너갈 수 있을까요? 세 살? 다섯 살? 그렇지. 여덟 살. 섬진강에는 징검다리가 많아요. 여덟 살이 되면 다리를 건너서 초등학교에 가야 해요. 그러니까 일고여덟 살이 되어야 물에 안 빠지고 이 다리를 자연스럽게 건너갈 수가 있습니다.

새로운 생각은 받아들이는 힘에서 온다

그런데 여기 이 첫 돌이 문제입니다. 아이들이 세 살이나 네 살쯤 되면 어머니들은 아이들을 집에 두고 강 건너로 일을 하러 갔어요. 아이들끼리 한참 놀다 보면 아이들은 엄마가 보고 싶어요. 엄마한테 가고 싶은 거지요. 그러면 마을에서 뛰어나와 강변을 왔다 갔다 하면서 엄마를 부르다가 여기 첫 돌에 올라섭니다.

이 첫 돌에 올라서려면, 이 돌에 대한 모든 것을 알고 이해해야 합니다. 얼마나 넓은지, 경사가 졌는지, 흔들리진 않는지, 울퉁불퉁한지, 돌 주위에 물이 있는데 그 물은 얼마나 깊은지…… 모든 걸 다 파악하고 이해해야 됩니다.

그런 다음 이 돌에 올라가서 엄마를 부르다가 엄마가 안 오면 울어요. "어매, 어매!" 하고. 그러면 엄마가 밭을 매다가 허리를 펴고 서서 징검돌에 서 있는 용택이를 보고 말합니다.

"용택아, 일 다 되어 간다. 금방 갈게. 그냥 애들하고 놀아."

그래도 용택이는 엄마한테 가고 싶어서 더 크게 엄마를 불러요. 강변을 왔다 갔다 하다가 다시 징검돌에 올라가 뒤뚱거리며 또 엄마를 부르지요. 엄마는 오지 않습니다. 그러면 더 크게 울면서 엄마를 부르는 거지요. 엄마가 점점 열을 받기 시작합니다. 아이의 울음 크기와 엄마의 화는 비례합니다.

일을 하며 용택이를 달래도 용택이가 울기를 그치지 않으면 화가 머리끝까지 치솟은 엄마는 호미를 내팽개치고는 징검돌을 훌훌 건너 뛰어와서 용택이를 패놓고 다시 강을 건너가 버려요.

엄마는 왜 용택이를 데리고 가지 않고 혼자 건너가 버릴까요? 다른 이유도 있겠지만 아이들 스스로 이 징검돌을 건너올 때까지 기다리는 것입니다. 엄마를 뒤따라가려면 여기 이 돌과 이 돌 사이의 간격과 물의 깊이를 몸과 마음에 익혀야 해요. 그러고 나면 또 다음 돌로 건너가야 해요. 이 첫 돌부터 두 번째, 세 번째, 네 번째…… 여든여덟 개의 징검다리를 마지막 돌까지 몸과 마음으로 다 익혀야, 물에 안 빠지고 끝까지 다 건너갈 수 있어요.

이 징검다리는 섬진강을 이해해야 하는 '섬진강 자율 생태학교'였던 것입니다. 이 징검돌들을 몸과 마음에 익혀야 강을 끼고 사는 우리 동네에서 살아갈 수가 있었지요. 강의 생태를 이해시키는 생태학교였던 셈입니다.

공부란 머리로 외우는 것이 아니고, 몸과 마음으로 익히는 것이지요. 스스로 삶의 답을 찾아가는 것이지요. 세상에 정답이 어디 있습니까. 누가 만들어 놓은 답이 누구에게나 다 맞는 답은 아니지요. 스스로 찾아내는 것이 자기 삶의 정답입니다. 그래야, 섬진강의 생태계를 이해해야 우리 동네에서 사는 데 크게 지장이 없었어요.

이 징검돌들을 왔다 갔다 하면서 그 얼마나 많은 경험들을 몸과 마음에 익히겠습니까. 넘어지고 자빠지고 다치고 좌절하고 절망하고 생각하고 바꾸고 고치고 다시 서서 징검돌을 건너뜁니다. 그러면서 자기 나름대로의 삶의 길을 찾고 열어 갔습니다.

좌절과 온갖 실수와 실패, 상처를 안고 아이들은 두 번째, 세 번째 돌을 건너 저 마지막까지 강을 건너가 어머니의 밭머리에 도달할 수 있었던 것입니다. 징검다리의 질서 속에서 생태와 순환, 삶의 이치와 가치의 길을 찾아갔던 것이지요.

징검돌에는 가운데 움푹 파인 곳이 있어요. 노란색이지요. 비가 오면 그 오목하게 파인 곳에 물이 고여요. 아이들은 이 징검돌에 와서 울다가 이 돌하고 놉니다. 흐르는 물에서 작은 피라미 새끼도 잡고, 작은 새우도 잡아 이 오목하게 파인 곳에 물을 퍼 담고 작은 고기들을 그 물에 넣어 둡니다. 엄마를 부르는 일도, 엄마를 부르다가 우는 일도 잊고 그렇게 돌과 고기와 놀면서 돌과 강물을 알아 가지요. 마치 사람을 알아 가고 사귀어 가는 것과 같습니다.

이 돌은 너무 예뻐요. 이 징검돌 속에는 온갖 고기들이 살았어요. 아이는 물에 빠지고 넘어지고 자빠지면서 돌 속에 있는 고기들도 보게 돼요. 다슬기가 있다는 것도 알게 되지요. 해가 지고 저녁이 되면 다슬기가 돌 속에서 나온다는 것도 알고요. 징검돌과 징검돌 사이를 이해하면서 그 둘레에 있는 강물의 생태를 파악하게 됩니다. 어떤 고기들이 언제 오르고 언제 내려가는지도 알게 됩니다. 국어, 자연, 사회, 음악, 미술, 과학 공부 시간이었습니다.

내가 엄마 배 속에 있을 때도 어머니는 이 징검돌을 건넜고, 아기 때는 나를 업고서 이 징검돌에 앉아 빨래를 했어요. 그러면 내 발이 물에 닿습니다. 내가 발장구를 치니까 엄마 치마도 다 젖고요. 조금 크면 돌 위에다 뉘어 놓고 빨래를 하고, 앉을 때쯤 되면 어머니는 징검다리 밑에 있는 잔돌들을 고르고 옷을 벗겨서 물에 앉혀 놓았습니다. 그러면 나는 물장구치면서 노는 거예요. 피라미들이 몰려와서 내 조그만 엉덩이를 콕콕 쪼아요. 손을 물속에 담그면 고기가 손에 걸려

새로운 생각은 받아들이는 힘에서 온다

요. 그렇게 놀다가 나이가 들면 징검다리로 혼자 올라가는 거지요.

그렇게 징검다리 징검돌들을 완전히 이해해야 비로소 섬진강에서 살 수가 있어요. 동네 사람들은 날마다 이 강을 건너갔다가 건너와야 하니까요. 섬진강을 이해하지 못하면 우리 마을에서 살 수가 없겠지요. 마을 앞 강물에 놓인 이 징검다리는 강을 공부하는 훌륭한 생태학교 교과서였습니다.

시인과
느티나무

이건 무슨 나무지요? 느티나무예요. 사진에 나오는 이 나무는 내가 심었습니다. 지금은 사진보다 더 많이 자라서 내 아름보다 더 커요. 우리 집이 바로 여기에 있어서, 문만 열면 이 나무가 보여요.

내가 스물일곱 살 때 일입니다. 어느 봄날 마을 뒷산에 있는 500년 된 나무 밑을 혼자 돌아다녔어요. 거기 2, 3년 정도 되어 보이는 새끼 나무 한 그루가 있었는데, 너무도 잘생긴 거예요. 그래서 그냥 한번 잡아당겨 봤는데 쑥 뽑혔어요. 얼마나 놀랐겠어요. 나무가 바위 위에 그냥 얹혀 자랐던 거지요. 그래서 살짝 잡아당겼는데도 뽑혀 버린 겁니다.

새로운 생각은 받아들이는 힘에서 온다

　　어린 나무를 두고 집으로 돌아왔어요. 해가 넘어가는데 자꾸 그 나무가 생각나는 거예요. 나는 뒷산으로 달려가 나무를 가져다가 우리 집 마당에 심었습니다. 그런데 이 나무가 너무 잘 커서, 우리 집 지붕을 덮어 버리게 생겼어요. 동네 사람들이 우리 집 앞을 지날 때마다 "용택아, 나무가 커서 지붕 다 덮는다. 캐다 옮겨야지" 그러시는 거예요. 어머니, 아버지도 캐다 옮겨야 된다고 하시고요.

　　어느 날 퇴근했더니 누가 이 나무를 마을 앞 공터에다가 갖다 놓았더라고요. 그곳에 다시 심었습니다. 그런데 이 나무가 너무너무 잘 크는 거예요. 내가 동네에서 죽은 짐승들을 주워다가 이 나무 밑에 묻으니까, 동네 사람들도 자기 집 짐승이 죽기만 하면 여기에 갖다 묻는 겁니다. 얼마나 거름이 되었겠어요?

주변이 다 밭이잖아요. 해마다 밭에다 거름을 주니까 거름도 안 모자라요. 또 나무 옆에 도랑이 하나 있어요. 집집마다 소도 키우고 닭도 키우고 돼지도 키웠잖아요. 그래서 옛날에는 마당에 거름물이 많았어요. 비가 오면 그 거름물이 내려와 느티나무 옆 도랑을 지나는 거예요. 1년 내내 물이 모자라지 않았지요. 그래서 이렇게 잘 크는 것입니다.

이장을 그만둔 동네 사람이 이 느티나무 옆에 국숫집을 만들었어요. 나무 앞이 섬진강 걷는 길이고 자전거길이라 장사가 잘돼요. 그리고 여기에 '김용택 시인 생가 50미터'라는 팻말이 붙어 있어요. 멀쩡히 살아 있는 사람 집을 '생가'라고 해놨어.(웃음) 내가 이 느티나무 밑에 앉아 있으면, 사람들이 '김용택 시인 생가' 표지판을 보고 "김용택 죽었나?" 하면 "아닌데, 저번에 텔레비전에서 본 것 같은데?" 하며 지나가요.

나를 찾아온 학생들이 느티나무 아래 앉아 있는 나는 보지도 않고 우리 집으로 들어갔다가 다시 막 뛰어옵니다. 나는 왜 뛰어나오는지 알아요. "김용택 선생님 어디 계세요?" 하고 물어보러 들어갔다가 저 느티나무 밑에 계신다고 하니까 다시 뛰어나오는 거예요. '저놈이 조금 있으면 뛰어나오지' 그러면 정말로 금방 뛰어나온다니까요.

이 나무 나이가 세 살 때부터 지금까지, 45년을 지켜봐 온 거예요. 이 나무에서 어마어마한 일들이 일어납니다. 아침에 해가 뜰 때,

해가 질 때, 잎이 필 때, 단풍이 들 때, 잎이 질 때, 봄, 여름, 가을, 겨울…… 보통 많은 일들이 일어나는 게 아니에요. 하루 종일 많은 일들이 일어나요. 그걸 쓰면 글이 되는 거지요.

　이 나무에서 일어나는 일만 가지고 글을 썼더니 많은 글이 됐어요. 정말 대단하지요?

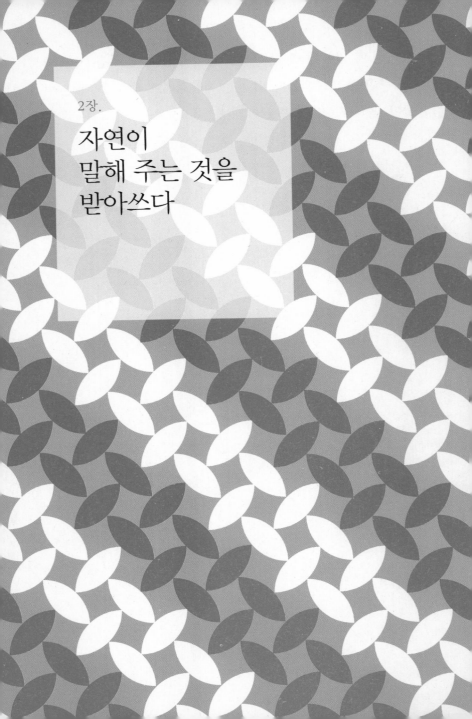

2장.

자연이
말해 주는 것을
받아쓰다

들판 끝에 물드는 노을이 예술이다.

빈 논에 오는 눈이 그림이다.

산굽이 도는 물소리, 눈 위에 눈 오는 소리,

새소리, 바람 소리가 음악이다.

농부들이 널어 둔 벼가 그림이다.

나무 그늘 아래 서 있는 내 모습이 예술이다.

내 앞에 서 있는 네가 한 편의 시이고, 그림이고, 영화다.

자연이 말해 주는 것을 받아쓰다

자연이 하는 말을
받아
땅 위에 적다

나는 강가에 있는 작은 마을에서 태어나 살았습니다. 농사를 짓는 사
람들과 같이 산 것이지요. 농사짓는 사람들 속에서 살면서 농사짓고
사는 사람들의 삶을 들여다보고 그들에게서 많은 것을 배웠습니다.

농사짓는 사람들은 삶이 공부였습니다. 어느 날 갑자기 밥을 잘
할 수는 없어요. 어느 날 갑자기 밀과 보리를 구분할 수도 없습니다.
어느 날 갑자기 베를 잘 짤 수는 없어요. 어느 날 갑자기 김치를 잘
담글 수 없습니다. 어느 날 갑자기 쟁기질을 잘할 수 없습니다. 어느
날 갑자기 밭을 잘 맬 수는 없습니다. 공부가 필요했던 것이지요. 베
를 짜는 것도, 콩밭을 매는 것도 평생 공부였던 것입니다.

새로운 생각은 받아들이는 힘에서 온다

농사짓고 사는 사람들은 자연이 하는 말을, 자연이 시키는 일을 잘 알고, 그들이 하는 말을, 그들이 시키는 일을 따르며 살았습니다. 봄비가 오면 무슨 일을 해야 하는지, 가을바람이 불면 무슨 일을 해야 하는지를 알았습니다.

농사짓는 사람들은 자연 속에서 일어나는 현상들을 자기들의 삶으로 가져왔습니다. 농사짓는 사람들이 하는 말은 책을 읽고 얻은 지식을 통해 하는 말과 다릅니다. 지식은 책이 되어 갇히지만 노동은 확실한 현실이 됩니다. 지식인들은 책임지지 못할 말들을 많이 하지만, 농사짓는 사람들이 하는 말은 거짓이 없어요. 고된 일과 즐거운 놀이 속에 갈고 닦인 말하고 머리로 읽고 써서 얻은 지식하고는 땀 냄새가 다릅니다.

힘을 들여 돌담을 쌓으면 노동은 하나 둘 셋 넷…… 높이와 길이가 생깁니다. 지식을 쌓는 것은 눈에 안 보이지만, 노동은 결과가 정확하게 드러납니다. 뿌린 만큼 눈에 보입니다. 그래서 꼼수가 통하지 않아요. 일한 만큼만 드러납니다. 노동은 거짓말을 못 해요.

말로, 글로, 책으로 만들어진 지식은 때로 필요 없는 것들도 있지만, 노동은 절대적입니다. 농사를 짓지 않으면 사람들이 다 죽겠지요. 책이 먼저 있었던 게 아니었고, 손발을 움직이는 노동이 먼저 있었습니다.

농사짓는 사람들이 하는 말은 혼자 만든 말이 아니고 오랜 세월을 거치며 공동체적인 삶 속에서 갈고 다듬어진 말이었습니다. 드러나 눈에 보이는 구체적이고 실질적인 노동 속에서 나온 말입니다. 농사짓는 사람들이 하는 말은 틀림이 없습니다. 근거가 있고, 과학적이고 철학적입니다.

농사짓는 사람에게는 이 세상 모든 것들이 다 책이었고 선생님이었고 학교였습니다. 농사짓는 사람들은 자연이 말해 주는 것들을 자기들의 언어로 다듬어 살아가는 데 써먹었고, 그렇게 살아가는 방식을 자식들에게 알려 주었습니다. 그리고 그 자식의 자식들은 조상들의 배움 위에 새로운 생각을 보태어 자손들에게 물려주었습니다. 그것이 공부였습니다.

간단하나마 농부들의 삶을 정리해 보면 다음과 같은 말이 되겠지요.

어머니는 글자를 모른다. 글자를 모르는 어머니는 자연이 하는 말을 받아 땅 위에 적었다. 봄비가 오면 참깨 밭으로 달려갔고, 가을 햇살이 좋으면 마당에 호박 쪼가리를 널어 두었다가 점심 때 와서 다시 뒤집어 널었다.

아침에 비가 오면 "아침 비 맞고는 서울도 간다"고 비옷을 챙기지 않았고 "야야, 빗낯 들었다"며 비의 얼굴을 미리 보고 장독을

새로운 생각은 받아들이는 힘에서 온다

덮고 들에 나갔다. 바다를 보지 못했어도 아침저녁 못자리에 뜨는 볍씨를 보고 조금과 사리를 알았다. 감잎에 떨어지는 소낙비, 밤에 우는 소쩍새, 새벽하늘 한쪽 구석에 조각달, 하얗게 뒤집어지는 참나무 잎, 서산머리에 샛별이 글이었다.

동네에서 일어나는 일이 남의 일 같지 않다고 했다. 사람이 그러면 안 된다고 했다. 난관에 처할 때마다 어머니는 살다가 보면 무슨 수가 난다고 했다. 세상에는 가보지 못한 수가 얼마나 많은가. 어머니는 사는 게 공부였고, 평생 공부했고, 배우면 써먹었고, 사는 게 예술이었다. 어머니는 해와 달이, 별과 바람이 시키는 일을 알고 그것들이 하는 말을 받아 땅에 적으며 있는 힘을 다하여 살았다.

나는 이렇게 농사짓는 사람들에게 많은 것을 배웠습니다.

위의 글처럼 어머니는 비의 얼굴을 미리 보고는 '빗낯 든다'고 말하며 장독을 덮고 들에 갔습니다. 그러면 정말로 비가 왔습니다. 황새 울음소리를 듣고도 장독을 덮고 들에 나갔습니다. 비가 오고 안 오고는 농사짓는 사람들에게 매우 중요한 것이었습니다.

비의 얼굴을 미리 보는 것하고, 장독을 미리 덮는 일에는 어마어마한 삶의 연속성과 철학이 담겨 있습니다. 어떤 일이 있어도 장 속에 비가 들어가면 안 되지요. 장독은 농사짓는 사람들의 이성理性이었습니다. 공동체적인 삶 속에서 어떻게든 지켜야 하는 인간으로서의 마지막 보루 같은 것이었습니다.

새로운 생각은 받아들이는 힘에서 온다

가장 일찍
꽃이 피는 나무,
가장 늦게
잎이 피는 나무

봄이 되면 우리나라 산천에 제일 일찍 꽃이 피는 나무가 무슨 나무 인지 아세요? (산수유!) 그렇게 아무 고민 없이 바로 대답하면 안 됩니다. 저런 학생 때문에 수업에 방해가 됩니다.(웃음) 생강나무입니다. 생강나무 꽃이 제일 일찍 핍니다.

생강나무는 동백나무라고도 합니다. 김유정의 소설 〈동백꽃〉에 나오는 동백은 선운사에 있는 사철 푸른 동백이 아니고 강원도에 피어 있는 생강나무였습니다. 그런데 옛날에 나온 〈동백꽃〉 소설 중에는 표지에 사철 푸른 동백나무와 동백꽃을 그려 놓은 책도 있어요. 동백기름을 바른다고 하지요? 생강나무 열매 기름을 짜서 머리에 발

| 가장 일찍 꽃이 피는 생강나무(왼쪽)와 가장 늦게 잎이 피는 자귀나무(오른쪽).

랐어요. 그 기름이 동백기름이었습니다. 꺾으면 생강 냄새가 나서 생강나무라고 하지요.

나는 동백나무를 좋아해요. 나뭇잎이 다문다문하고 가지가 굵어요. 굵고 검은 가지에 가을이면 잎이 노랗게 물들지요. 노란 잎이 정말 예뻐요. 우리나라 산에서 제일 일찍 피는 꽃나무이지요.

우리나라 산천에 제일 늦게 잎이 피는 나무가 있습니다. 자귀나무입니다. 자귀나무 이파리가 피면 우리나라 산천이 연두색에서 초록으로 건너갑니다. 산천이 가장 아름다울 때입니다.

나무 이파리가 처음 피었을 때는 바람이 불어 나뭇잎끼리 서로 부딪쳐도 소리가 안 납니다. 이파리가 점점 커지고 잎에 살이 오르면 바람이 불어 나뭇잎들끼리 흔들리며 부딪칩니다. 그러다가 어느 날 바람이 불 때 문득 나뭇잎들이 부딪히며 타타타타 소리가 납니

새로운 생각은 받아들이는 힘에서 온다

다. 나뭇잎이 다 자란 거지요.

그때 남산 위로 바람이 불어 올라가면 갑자기 남산이 뽀얘질 때가 있어요. 그럴 때 있지요? 못 봤어요? 책 들여다보느라고 언제 봤겠어요. 바람이 불면 참나무 이파리가 뒤집어져서 뽀얗게 보이는 거예요. 그러면 어머니가 이렇게 말합니다.

"용택아, 참나무 이파리가 뒤집어지면 사흘 후에 비가 온단다."

그러면 정말 사흘 후에 비가 왔습니다. 농사짓는 사람들은 참나무 잎이 뒤집어지는 것도 그냥 보지 않았어요. 참나무 이파리는 그렇게 마파람이 불 때 뒤집어집니다. 마파람 아시죠? 비가 올 바람을 마파람이라고 말합니다.

이렇게 농사짓는 사람들은 자연에서 일어나는 일을 정확하게 알고 있었던 것입니다. 그게 공부였습니다. 요새는 참나무 이파리가 뒤집어지고 사흘은커녕 두 달이 되도록 비가 안 와요. 인간과 자연의 약속이 깨져 버린 것이지요.

봄이 되면 산에 진달래가 핍니다. 진달래가 피면 밤에 우는 새가 있습니다. 소쩍새입니다. 소쩍새는 '소쩍 소쩍 소쩍쩍' 이렇게 웁니다. 밤에 웁니다. 낮에는 안 울어요. 간혹 깊은 산속에 가면 낮에 우는 소쩍새도 있긴 있습니다.

소쩍새 소리와 뻐꾹새 소리, 쑥국새 소리를 혼동하는 사람이 있습니다. 소쩍새는 밤에 울고, 뻐꾸기는 날아가면서 웁니다. 모내기

할 때 '뻐꾹 뻐꾹 뻐꾹' 하고 울며 날아갑니다. 쑥국새는 깊은 숲 속에서 배고프니 쑥국 끓이라고 '쑥국 쑥국' 하고 웁니다.

소쩍새가 울면 어머니는 이렇게 말씀하셨습니다.

"용택아 올해는 어째 소쩍새 울음소리가 '솥 텅, 솥 텅, 솥 텅텅' 이렇게 들린다."

그러면 그해 우리 동네는 흉년이 듭니다. 솥이 텅텅 빈다고 소쩍새가 울기 때문이랍니다. 어쩐지 그해의 농사가 불안한 생각이 들기 때문이겠지요.

그런데 어떤 해는 이렇게 운다고 해요. '솥 꽉, 솥 꽉, 솥 꽉꽉.' 그러면 그해 우리 동네는 풍년이 듭니다. 솥이 꽉 찬다고 운다는 것이지요. 어머니의 이 이야기를 받아쓰면 뭐가 되겠습니까? 시가 되는 것이지요.

농사짓는 사람들은 시인이었던 것입니다. 농사짓는 사람들은 소쩍새 소리를 그냥 흘려듣지 않고 자기들의 일로 가져왔던 것이지요. 오랜 세월 동안 자연과 인간의 깊은 교감에 의해서 그들은 자연에서 일어나는 현상들을 가지고 민감하게 반응하고 대처했던 것입니다.

새로운 생각은 받아들이는 힘에서 온다

덕치면 꾀꼬리는
어떻게 울까

꾀꼬리 소리 들어 보셨지요? 꾀꼬리는 노란색이고 양쪽 날개에 까
만 점이 있습니다. 꾀꼬리는 언제 웁니까? 꾀꼬리는 오동 꽃이 필 때
웁니다. 어떤 꽃을 봄꽃이라고 하느냐 하면, 꽃이 먼저 피고 나서 잎
이 피는 나무를 봄꽃이라 합니다.

오동나무는 봄꽃 중에 제일 늦게 핍니다. 우리나라 산천이 연두
색에서 초록으로 건너가 잎이 다 필 때 오동나무 꽃이 피어요. 오동
나무 꽃은 무슨 색깔입니까? (보라색!) 이건 맞히시네요. 진보라로
피었다가 연보라로 집니다. 꽃이 오래 피어 있습니다. 대롱대롱 꽃
이 매달려 있지요.

오동 꽃처럼 대롱대롱 매달려 피는 꽃이 또 뭐가 있지요? 때죽나무 꽃이 있습니다. 여자들 귀고리같이 하얗게 대롱대롱 매달려 꽃이 핍니다. 꽃망울이 맺혀 있을 때는 정말 귀고리 같아요. 아마 그런 귀고리 만들면 잘 팔릴 것입니다.

시인은 별걸 다 알고 있어요. 세상에서 벌어지는 모든 일에 대해 관심을 가지고 사는 사람이 시인입니다. 어떤 지식도 독자적으로 존재하는 지식은 없습니다. 서로 통하지요. 통로가 있습니다. 두 개의 웅덩이가 있는데, 그 두 개의 웅덩이에 서로 통로를 만들어 주면 물이 오고가며 섞여서 전혀 새로운 생태계가 생성되지요. 지식도 그렇게 서로 통하면서 새로운 세계를 창조하지요. 시인은 세상에서 일어나는 일들을 종합해서 새로운 세계를 만들어 냅니다.

봄이 오면 꾀꼬리가 우는데, 꾀꼬리가 울면 어머니는 이렇게 말씀하셨어요.

"야 용택아 꾀꼬리가 울면 참깨가 나고 보리타작하는 도리깨 소리 듣고 토란이 난단다."

받아쓰면 뭐가 되겠어요? 시가 됩니다. 놀랍게도 꾀꼬리가 울 때 참깨를 심습니다. 보리타작할 때 토란이 납니다. 참깨는 심으면 금방 새싹이 나와요. 그러니 아름다운 꾀꼬리 울음소리를 들으면서 싹이 돋는다고 하지요.

그런데 토란은 싹이 잘 나오지 않습니다. 새싹이 더디 나와요. 그

새로운 생각은 받아들이는 힘에서 온다

| 꾀꼬리. 오동나무 꽃이 피면 꾀꼬리가 울고, 꾀꼬리가 울면 참깨가 난다.

래서 땅을 탕탕 때리면 땅이 갈라지고 땅속에서 딴전을 피우며 놀고 있던 토란이 놀라서 얼른 땅 위로 새싹을 내민다는 말이겠지요. 과학과 문학이 한 몸이라는 것을 보여 줍니다.

그런데 동네마다 꾀꼬리 울음소리가 달라요. 내가 사는 덕치면 꾀꼬리는 어떻게 우느냐 하면 이렇게 웁니다.

"덕치 조 서방 3년 묵은 술값 내놔."

'덕치 조 서방'까지는 빨리 울고 '3년 묵은'은 천천히 울고 '술값 내놔'는 또 빨리 웁니다.

옛날에 덕치면에 아주 술을 잘 먹는 조 서방이 살았어요. 조 서방이 외상술을 마시고 무던히도 술집 주인의 속을 썩였던 모양인데,

술집 여자가 죽었어요. 그 여자가 너무 원통해서 죽어 꾀꼬리가 된 거지요. 그래서 '덕치 조 서방 3년 묵은 술값 내놔' 이렇게 우는 겁니다. 지금도 그렇게 울어요.

그런데 덕치면에 조 서방이 한두 명 살면 안 되겠지요? 그 조 서방 조상이 술값 떼어먹은 사람이잖아요. 그런데 덕치면 한 마을이 다 조씨예요. 술집도 한두 집 있어서는 안 되겠지요? 그런데 지금 덕치면에는 술집이 세 집밖에 없습니다. 어떻게 된 일일까요?

옛날에 전라남도 열두 개 고을 원님들은 덕치면을 지나서 부임을 하고 덕치면을 지나서 퇴임을 했습니다. 이것은 역사적인 사실입니다. 왜 술집이 많았느냐 하면, 덕치면에서 순창으로 넘어가려면 높은 고개를 넘어야 해요. 그 고개가 갈재인데, 갈재를 넘어가자면 도둑놈 골짜기가 있어요. 고개에 도둑들이 살았던 겁니다. 사람들의 왕래가 잦고, 산이 깊으니 도둑들이 살았겠지요.

그러니까 사람들이 밤에는 무서워서 그 고개를 못 넘어가고 덕치면에서 잤겠지요? 그래서 옛날 덕치면에 식당과 술집이 많았던 것입니다. 덕치면과 이웃하고 있는 강진면에 관리들이 머물 수 있는 원이 있었고, 덕치면에 일반인들이 머물 수 있는 객주가 있었겠지요.

사람들이 머물던 곳의 마을 이름이 중원리예요. 원院이라는 말은 역驛이라는 말과 비슷한 말입니다. 그러니 술집이 많았겠지요. 상인들이니 일반 백성들이 관리들하고 같이 자기는 싫었을 테니까요. 내

새로운 생각은 받아들이는 힘에서 온다

가 어렸을 때 갈재를 넘는 고개 밑에는 말을 묻었던 말 무덤도 있었고, 길에서 죽은 연고 없는 이의 무덤인 돌무덤도 있었습니다.

지금도 외상값을 못 받아서 덕치면 꾀꼬리는 "덕치 조 서방 3년 묵은 술값 내놔" 하고 웁니다. 그런데 내 생각에 꼭 술값 때문에 우는 것만은 아닌 것 같아요. 어떻든 이 이야기를 잘 풀어서 쓰면 소설이나 시가 되겠지요?

거듭 말하지만 농사를 짓는 사람들이 하는 이야기나 말은 틀림이 없습니다. 다 근거가 있는 말이고 이야기들입니다. 오랜 세월 삶 속에서 일어난 자기들의 일을 자연을 통해 표현했던 것이지요. 비유, 은유, 풍자가 자연스럽게 이루어졌던 것입니다. 삶이 문학이 되었고, 문학이 삶이 되었습니다. 삶과 문학이 일체가 되었습니다.

두 줄
지푸라기 위에 뜬
하얀 달

지렁이가 웁니다. 지렁이 우는 소리 들어 보신 분? 아마 별로 없을 것 같습니다. 여름밤에 지렁이가 많이 우는데도 자동차 소리, 텔레비전 소리가 지렁이의 울음소리를 가져가 버립니다.

지렁이가 왜 우느냐 하면, 지렁이와 가재가 친구였는데 지렁이는 눈이 있고 가재는 눈이 없었습니다. 둘이 만나기만 하면 지렁이는 가재에게 늘 눈 자랑을 했습니다.

"너 눈 있어? 봐라. 세상이 얼마나 아름다운지 아니?"

가재도 세상이 보고 싶었겠지요. 그래서 가재가 "그러면 나 눈 한 번만 빌려 줘봐" 하고 말했습니다. 지렁이가 쉽게 눈을 주겠어요? 그러면서 또 지렁이는 눈 자랑을 하는 겁니다.

그러던 어느 날 가재가 이렇게 말했어요.

"야 지렁아, 눈 한 번만 빌려 줘봐. 얼른 달아 보고 줄게."

하도 간절하게 애원하니까 지렁이가 "그럼 달아 보고 얼른 줘" 하며 가재에게 눈을 줍니다. 가재는 지렁이의 눈을 더듬더듬 받아 얼른 달았어요.

여러분 가재 눈 봤죠? 어떻게 되어 있어요? 덜렁덜렁합니다. 왜 냐면 급한 마음에 얼른 갖다 달았기 때문에 가재 눈이 덜렁덜렁해 요. 눈을 달고 나니까 세상이 너무 아름다운 거예요. 그래서 가재가 뒤로 도망갑니다.

그때부터 가재는 앞으로 안 가고, 뒤로만 가요. 그리고 바위 속으로 들어가 버립니다. 그때부터 가재는 바위 속에서 삽니다. 돌을 들춰야 나와요. 정확하지요? 눈이 덜렁덜렁하지, 뒤로 가지, 바위 속에 살잖아요.

가재가 바위 속으로 들어가 나오지 않으니, 지렁이는 애가 탑니다.

"야 내 눈 줘, 인마. 달아만 보고 얼른 준다고 그랬잖아."

아무리 불러도 가재가 대답도 안 하는 거예요. 가재는 대답도 안 하고 돌 속에서 나오지도 않습니다. 그때부터 지렁이는 울기 시작합니다. 이 이야기를 쓰면 뭐가 되겠어요? 정말 예쁜 동화가 되겠지요? 잘 쓰면 소설이 될 수도 있겠지요.

시인들은 이렇게 말해요.

"한 편의 시를 쓰려면 뼈를 깎는 아픔과 피를 말리는 고통이 따른다."

나는 그 말이 맞기도 하겠지만 좀 과장된 것 같다는 생각이 들어요.

그런데 나는 시를 쓰기 위해 그럴 필요가 없었어요. 농사짓는 사람들이 자연을 보고 한 말을 잘 받아쓰면 그게 시가 되었으니까요. 농사짓는 사람들이 수천 년 동안 자연에서 일어나는 모든 현상들을 가져다가 자기들의 이야기로 만들어서 오래오래 전해 주었고, 나는 그걸 받아썼습니다.

시란 말을 갈고 닦는 일일 텐데, 농사짓는 사람들은 자기 삶과 자연 속에서 일어나는 일을 그렇게 오랜 세월 자기들의 이야기로 갈고 다듬어 전해 주었던 것이지요. 농사가 곧 공부였던 셈입니다.

농사짓는 사람들은 삶이 예술이었습니다. 예술 활동을 따로 하지 않았어요. 농사가 예술이에요. 가을이 되면 어머니는 애호박을 따서 똑 똑 똑 썰어 바위에다 넙니다. 서리 오기 전에 딴 애호박을 달처럼 둥글게 썰어 지푸라기를 두 줄로 레일처럼 깔고 그 위에다 나란히 놓았어요.

어머니가 널어놓은 하얀 호박은 하늘에 떠 있는 낮달과 함께 그림입니다. 시이고, 음악입니다. 예술이었어요. 사는 게 예술이었지요. 두 줄 지푸라기 레일 위에 놓인 하얀 호박은 바람과 햇살이 하는

새로운 생각은 받아들이는 힘에서 온다

일을 잘 알고 있는 농부들의 과학이었고, 농부들의 예술 행위였고 철학이었으며, 정월 대보름날 찰밥과 함께 먹을 음식이었습니다.

사람이
그러면
못써

농부들이 호미로 땅을 파서 씨앗을 묻을 때 몇 개씩 묻는지 아세요? 한 구덩이에 서너 개를 넣습니다. 한 개는 새가 와서 먹고, 한 개는 땅에 사는 벌레들이 먹고, 남은 씨앗을 키워 사람들이 먹고 살았지요. 사람이 먹고 살려고 씨앗을 땅에 심고 곡식을 가꾸는 것인데, 알고 보면 날아가는 새도 먹고, 땅에 사는 벌레도 먹고, 나도 먹었던 것이지요. 나누어 먹었던 것입니다. 이렇게 오랜 세월 자연과 인간이 공생을 해왔던 것이지요. 이것이 바로 오늘날 우리 삶에서 가장 중요한 공동의 가치, 상생의 가치입니다.

　어느 겨울날 내가 어디 갔다가 집에 늦게 왔는데 보일러가 고장

　새로운 생각은 받아들이는 힘에서 온다

이 났어요. 껐다가 다시 전원을 켜면 핑 하고 돌다가 갑자기 피시시 꺼져 버려요. 어머니가 "야 '에야'(에어)가 찼다" 그러는 거야. 어머니도 영어 할 줄 알아.(웃음) 글로벌한 세상이잖아요. 우리 어머니 입에서 "에어가 찼다"는 말이 나와 정말 깜짝 놀랐어요.

기술자가 와서 에어를 빼려면 보일러 물을 먼저 빼내야 한다고 호스를 가져오라고 했습니다. 호스를 끼우니까 뜨거운 물이 호스를 따라 나와 마당으로 떨어졌어요. 그러니까 어머니가 재빨리 뛰어나오더니 김이 나는 땅에다 대고 "눈 감아라. 눈 감아라. 눈 감아라" 그러시는 겁니다.

그 모습이 너무 진지해서 가만히 쳐다보기만 했어요. 물이 다 빠져나가고 어머니가 허리를 펴자, 어머니에게 물어봤어요.

"어머니 뭔 일이여?"

"야, 이 땅속에 얼마나 많은 벌레들이 있겠냐? 갑자기 뜨거운 물이 들어가면 벌레들 눈이 머니까 내가 눈을 감으라고 했다."

그 말을 듣고서 정신이 번쩍 들었습니다.

옛날 어머니들은 나무 하나를 베거나 돌멩이 하나를 옮길 때도 날을 받았습니다. 무슨 말이냐 하면 이 나무를 베어야 되는지, 안 베어야 되는지 생각하고 고민하는 시간을 가진 것이지요. 생명을 가진 것들을 자기의 생명과 똑같이 생각했던 것입니다.

어머니는 또 늘 나에게 세 가지 말씀을 해주었습니다.

자연이 말해 주는 것을 받아쓰다

"사람이 그러면 못써."

어머니는 이치에 어긋나는 일을 하거나, 사람으로서 해선 안 되는 일을 할 때 늘 이렇게 말씀했어요. "사람이 그러면 되간디." "사람이 그러면 안 되제." "사람이 그러면 못써." 그렇게 말하면서 늘 사람을 앞세웠습니다. 사람이 먼저였습니다.

"공부만 잘하면 뭐하냐? 사람이 되어야지." 이게 옛날 어른들의 말이었습니다. 공부만 잘하면 써먹을 데가 없었다는 말입니다. 공부 잘하는 것보다 사람이 되는 게 먼저였지요. 수단과 방법을 가리지 않고 출세하고 돈을 벌어야 한다는 생각이 머릿속에 꽉 찬 우리들하고는 달랐습니다.

시골에서 도둑질하면 그 마을에서 쫓겨났습니다. 시골 마을에서 거짓말하면 못 살았어요. 막말하면 안 되었지요. 다시 보지 않을 것처럼 막말들을 하고 사는 우리들하곤 달랐습니다. 날이 밝으면 논과 밭에서 얼굴을 마주 보며 살 수밖에 없는 마을 사람들에게 도둑질, 거짓말, 막말은 절대 하면 안 되는 불문율이었어요. 사람이 그러면 안 되었던 것이지요. 세월호가 왜 뒤집어졌습니까. 돈을 먼저 생각했지요. 사람을 먼저 생각했으면 절대 꽃 같은 우리 아이들을 그 배에 태우지 않았을 것입니다.

우리 인류가 살아오면서 쌓아 온 모든 지식과 지혜를 여기 다 모아 놓고 한 줄로 줄여 봐 하면 '사람이 그러면 못써'이지요. 이 세상

새로운 생각은 받아들이는 힘에서 온다

모든 공부들이 다 '사람이 그러면 안 되지'라는 말입니다.

어렸을 때 밥을 얻어먹으러 온 거지들을 집에 들였습니다. 어머니는 거지를 우리들이랑 같은 상에서 밥을 먹게 했습니다. 난리였지요. 그 심난한 거지와 밥을 먹으니, 밥맛이 있겠어요? 밥이 먹기 싫지요. 거지가 밥을 다 먹고 가면 우리들은 어머니에게 대들었습니다. 왜 거지와 같은 밥상에서 밥을 먹게 하냐고요. 그러면 어머니는 딱 한마디 했습니다.

"사람이 그러면 못써. 그 사람도 사람이다."

"남의 일 같지 않다."

마을 어느 집에서 일어난 좋지 않은 일들을 보며 어머니는 늘 "남의 일 같지 않다"고 했습니다. 그 일이 내 일이었던 것이지요. 마을 사람들에게서 벌어지는 모든 일이 언젠가는 나에게도 벌어질 수 있는 내 일이라는 말이었습니다. 관계를 잘 알고 있었던 것이지요. 서로서로 깊은 관계로 촘촘히 얽혀 있는 작은 마을 사람들의 공동체적인 생각이 가장 잘 나타나 있는 말입니다.

"싸워야 큰다."

형들이 싸우면 우리들은 어머니에게 달려가 "어매, 형들이 싸워" 하고 일렀습니다. 그러면 어머니들은 "냅둬라. 아이들은 싸워야 큰다"고 했습니다.

어떻게 보면 공부는 싸움과 같습니다. 싸우다 보면 모순이 드러나지요. 내가 잘못한 것과 상대가 잘한 점이 드러납니다. 드러난 모순을 고치고 바꾸고 맞추는 것이 공부입니다.

우리는 4년에 한 번씩 나라에 큰 싸움이 납니다. 아니, 싸움을 붙입니다. 마음 놓고 싸워 보라고 하는 게 선거입니다. 선거는 4년 동안의 모든 모순이 드러나는 싸움판입니다. 모든 국민이 그 싸움 한복판에 들어서서 옳고 그름을 따집니다. 전국이, 온 나라가 너는 그르고 나는 옳다는 싸움을 하게 됩니다. 그러다가 보면 그동안 잘하고 잘못했던 온갖 것들이 다 쏟아져 나와 난장판이 됩니다. 그 난장판을 국민들이 심판하고 정리합니다.

정리를 위한 싸움은 개인이든 국가든 있어야 합니다. 싸워야 크는 것이지요. 그런데 비겁하고 쩨쩨하고 졸렬한 싸움이 너무 많아요. 정당하지 못하고, 떳떳하지 못하고, 거짓과 사기가 난무한 싸움으로 국민들의 마음을 흔들어 놓습니다. 나라를 흐려 놓아요. 그러다가 보면 어느 게 옳고 그른지 모르게 되고 혈연, 지연, 학연을, 족보를 따지게 됩니다. 패거리를 만들지요. 더러운 진흙탕 싸움이 되지요.

심판자인 국민들이 나서서 정말 바르고 옳고 당당한 사람을 뽑는 게 진정한 싸움의 끝입니다. 고치고 바꾸고 맞추어 새로운 세상에 들어서는 것이 진정한 싸움입니다.

많은 젊은이들이 어른들을 비판하고 불평불만을 쏟아 냅니다. 다 맞는 말인데, 그 불평과 불만을 정리하는 방법이 선거에 적극적으로 참여하여 잘못된 나랏일을 바로잡아 나가는 것임을 모릅니다. 그래 놓고 취직이 안 된다, '헬조선'이다, 라는 말들을 합니다. 그 헬조선을 혹 젊은 여러분들이 스스로 만들어 가는 게 아닌지도 한 번쯤은 생각해 보아야 합니다.

3장.

가르치면서
배우다

가르치면서 배운다.

교육은 '자기 교육'이다.

한 학교를
37년간
다니다

내가 나고 자란 마을에서 40분 정도 걸어가면 작은 초등학교가 있습니다. 학교 가는 길은 강 길입니다. 학교 갈 때는 강물을 거슬러 가고 집에 올 때는 흐르는 강물을 따라 집에 옵니다. 거역과 순응이 한 몸입니다. 강 길을 따라 한참을 걸어가면 키 작은 소나무들이 살고 있는 넓은 풀밭이 나옵니다.

동산 같기도 하고, 낮은 둔덕 같기도 한 이 강변 풀밭 한가운데로 사람들이 걸어 다녀서 만든 오솔길이 나 있습니다. 그 작은 오솔길에 바람이 불면 풀들이 쓰러지고 일어납니다. 바람이 불어 풀들이 쓰러지면 아이들의 까만 머리통이 보였다가 바람이 멈추면 아이들

새로운 생각은 받아들이는 힘에서 온다

의 머리통이 금세 사라지고 너른 풀밭이 됩니다.

그 풀밭을 지나면 운동장 두 배 정도 크기의 넓은 호수가 나타납니다. 어른들은 그 호수를 '용소'라고 불렀어요. 용소에는 용이 못 된 이무기가 살고 있으며, 명주실 한 꾸리가 다 들어갈 정도로 깊다고 했습니다. 명주실 한 꾸리가 얼마나 긴지 정확하게 잘 모르지만, 이무기도 살고 물도 깊으니 용소에는 절대 들어가지 말라는 경고였지요. 그러나 세상천지에 어른들의 말을 곧이곧대로 듣는 어린이들은 없습니다. 그렇게 어른 말을 잘 듣고 살다가 보면 언제 세상이 진보합니까.

봄이면 자라들이 호수에서 기어 나와 모래를 파고 알을 낳았습니다. 알을 다 낳고 다시 호수로 엉금엉금 기어가면 우리들은 자라를 들어서 휙 던지기도 했지요. 붕어, 잉어, 가물치들이 뛰어 오르는 호숫가를 돌아서 가면 작은 시냇물이 나오고, 징검다리를 건너서 신작로를 10분 정도 걸어가면 덕치초등학교가 나옵니다.

덕치초등학교를 졸업하고, 중학교는 이웃에 있는 순창으로 갔어요. 순창중학교와 순창농림고등학교를 졸업했지요. 농림고등학교는 농사짓는 기술을 가르치는 학교예요. 옛날에는 농업이 중요한 산업이었기 때문에 군마다 농고가 있었어요.

우리 학교는 논과 밭이 많아서 농사짓는 공부를 하는 것보다 일을 하는 시간이 많았습니다. 말하자면 실습이었지요. 봄이 오면 못자리를 만들고 모내기부터 시작해서 피사리, 논매기, 벼 베기, 타작하기, 공판하기, 묘 포장, 풀매기까지 다 했어요.

아무튼 그렇게 고등학교를 졸업하고 집에서 오리를 키우다가 망하고 서울로 도망을 갔습니다. 서울서 한 달 있다가 다시 시골로 내려와서 선생이 되었습니다.

1969년도에 선생이 되었는데, 그때 초등학교 교사가 너무 모자라 고등학교를 졸업한 사람들에게 시험을 치르게 해서 합격이 되면 4개월 동안 강습을 시켜서 선생으로 발령을 내보냈지요. 그때 나는 한 번도 생각해 보지 못한 선생이 되어 내가 졸업한 초등학교로 발령을 받았습니다.

그 무렵 선생님은 한 학교에서 5년밖에 못 있었어요. 인사 원칙이었겠지요. 5년 있으면 다른 학교로 가야 해요. 그러면 나는 이웃 학교에 가서 1년 있다가 다시 덕치초등학교로 왔습니다. 5년 채우면 다시 딴 데로 가라고 하잖아요. 그러면 이웃 학교에 가서 1년 있다가 덕치초등학교로 와요. 그렇게 여섯 번을 왔다 갔다 했고, 마지막에는 6년 반을 있다가 2008년도에 그만두었습니다.

덕치초등학교를 몇 년 다녔느냐 하면, 학생으로 6년, 선생님으로 31년 6개월 그러니까, 37년하고 6개월 동안을 덕치초등학교에서 살았지요. 이따금 내가 나를 생각해도 참 훌륭한 일을 했구나 하는 생각이 들어요. 남이 칭찬을 안 해주면 내가 나를 칭찬하면 되는 거예요. 나는 스스로를 칭찬할 때가 있어요.

요새는 자기가 자기를 칭찬하는 것이 중요해요. 사람들이 자기 삶을 자기가 싫어한다니까요. 내 삶을 내가 싫어하는데, 누가 내 삶을 존중하고 존경해 주겠어요. 어쨌든 덕치초등학교를 37년 6개월 동안 다녔습니다.

나는 덕치초등학교에서 주로 2학년을 가르쳤습니다. 내가 학생들을 가르칠 때는 이농 현상이 거의 끝났을 때였지요. 2학년 세 명을 가르칠 때가 가장 편했습니다. 1등, 2등, 3등. 꼴등이 없어요. 운동회 때 달리기를 해도 1등, 2등, 3등뿐이니 세 명이 다 상을 탔어요.

한 학교에 오래 있다 보니까 아버지도 가르치고 아들도 가르치게 되었습니다. 하는 짓이 지 아버지하고 똑같아요. 어쩌면 그렇게 뒷모습이 똑같은지 몰라요. 앞서 뛰어가는 채훈이를 부른다는 게 그만 "택수야" 하고 부르면 "택수는 우리 아버지예요" 그러지요. 공부도 자기 아버지만큼만 해요. 어떤 가족은 형제들을 다 가르치기도 했습니다.

학부형들이 전화를 못 해요. 왜냐하면 자기들이 학교 다니면서 무슨 짓을 했는지를 내가 잘 알고 있거든요. (웃음)

가르치면서
동시에
배우다

교육은 '자기 교육'입니다. 가르치면서 동시에 배웠지요. 아이들에게 '정직하게 살아라'라고 하면 나도 정직하게 살려고 노력하게 되지요. 그게 공부입니다. 책을 통해 공부를 하기도 하지만 살면서 배우는 것이 더 많습니다. 삶이 공부지요. 공부는 실력을 쌓아 두었다가 시험을 보고 끝나는 게 아니라 배운 것들을 써먹는 것이지요. 공부 잘하면 훌륭한 사람이 되어 있어야 해요. 훌륭한 사람은 사람 사는 세상을 귀하고 소중하게 가꾸는 사람이지요.

나는 초등학교 2학년들에게 '정직'과 '진실'을 배웠습니다. 정직과 진실이 통하는 세상이 거기에 있었던 거지요. '진심으로 살아라'

라고 말하면서 나도 진심으로 살고 싶었어요. 마음을 주면 마음을 그대로 받지요. 내가 이만큼 좋아해 주면 애들은 나를 하늘만큼 땅만큼 좋아해 줬어요. 이 세상을 다 나에게 준 것이지요.

얼마나 행복하겠어요? 진심이 통하니까. 세상에 진심이 통하는 사람, 내 마음을 줄 수 있는 사람, 내 마음을 받을 수 있는 단 한 사람이 있다는 것은 인생에서 최고의 기쁨이고 부러울 것 없는 행복입니다.

진심이 통하면 사람이 진지하고 진정성이 있어요. 우리는 그런 것들을 다 잃어버렸습니다. 진정성이 없어요. 말들이 다 죽었어요. 말들이 가슴에 닿지 않아요. 아이들은 진지하고 진정성이 있기 때문에 세상이 늘 새롭고, 늘 신비롭고, 늘 감동적입니다. 어른들은 새로운 게 별로 없어요. 새롭지 않기 때문에 신비로움을 잃어버렸어요. 신비로움이 없으면 감동도 없지요.

세상이 늘 새로우면 세상이 얼마나 재미있고 신나겠어요. 아이들은 세상이 신비로우니까 감동을 잘합니다. 감동은 눈에 안 보이지만, 느끼고 스며들어서 생각을 바꾸지요. 삶을 바꿔 버려요. 내 생각을 바꾸고 행동을 바꿔서 우리가 사는 세계를 바꾸는 것이지요.

감동은 나의 생각과 행동을 바꾸고 고쳐요. 혁명인 거지요. 아이들이 나에게 세상을 늘 새롭게 보게 하고, 신비롭게 하고 감동하는 마음을 가르쳐 주었습니다. 그리고 나는 아이들에게 글쓰기를 가르쳤습니다.

글쓰기 그러면 사람들은 시나 소설, 수필, 그러니까 문학을 생각합니다. 그런데 서점에 가보면 문학은 20퍼센트도 안 될 거예요. 많은 사람들이 다 자기 삶에 대한 글을 쓰며 살아요. 작가나 시인만 글을 쓰는 게 아니라 과학자도, 음악가도, 여행가도, 의사도, 정치가도, 사업가도, 농부도 글을 씁니다.

글을 쓰며 살아가는 사람은 어떤 사람이냐 하면, 자기가 하고 있는 일을 자세히 보고 자세히 알고 생각하는 사람들입니다.

자기가 하는 일을 자세히 보면 생각이 많아지고, 그 생각을 정리해서 글로 쓰다가 보면 자기가 하는 일이 더 자세히 보이겠지요. 그러다 보면 자기가 하는 일을 잘하게 됩니다. 자기가 하는 일을 더 잘하게 되면 새로운 변화와 흐름 속에서 새로운 생각들이 더 일어나게 됩니다. 그러면 자기가 하는 일을 더 잘하게 되겠지요. 그러니까 글쓰기는 자기가 하는 일을 잘하도록 도와주는 일을 하게 됩니다.

글쓰기란 자기 삶의 기록이에요. 글 한 줄을 쓰면 세상이 달라져 있어요. 새로운 세계에 발을 딛게 됩니다. 새로운 세상에 발을 딛게 되는 새로움과 신비로움, 그에 따르는 또 다른 감동 때문에 사람들은 글을 쓰게 됩니다.

언젠가 신문에 첼리스트 장한나 씨 인터뷰 기사가 났습니다. 장한나 씨는 하버드대 철학과를 다녔습니다. 나는 장한나 씨 선생님을 잘 모르지만, 그분께서 이렇게 말하면서 제자를 철학과로 보냈을 것 같아요.

"네가 타고난 음악적 재능은 마흔 살까지 써먹으면 끝난다. 그러니까 네 음악의 새로운 창조적 힘을 키우기 위해서는 세상을 새롭게 보고 정리하는 철학이 필요하다. 그러니까 너는 철학과를 가야 한다."

장한나 씨의 인터뷰 중에 이런 내용을 보았습니다. '하버드 대학 기숙사는 새벽 3~4시에 음식 냄새가 진동한다'는 것입니다. 공부 잘하는 대학 학생들이 그 시간까지 뭐하느라 잠을 안 자고 음식을 먹느냐고 기자가 묻자 장한나 씨는 모두 글을 쓴다고 말했어요.

내가 선생을 그만두고 뉴욕에 가서 20일간 있다가 왔습니다. 어쩌다가 우리나라 유학생들을 만났는데 그냥 지나가는 말로 "미국에서 공부하는데 뭐가 제일 어렵냐?" 하고 물어봤어요. 그랬더니 영어가 어렵대요. 당연히 어렵겠지요.

그런데 다른 한 학생이 자기는 그보다 더 어려운 것이 '토론'이래요. 그러니까 또 다른 학생이 그러는 거예요.

"선생님 그것보다요, 우리는 에세이를 못 써요."

지금 무슨 에세이를 쓰느냐고 물어봤더니, 공대생인데 셰익스피어 소네트를 읽고 120페이지짜리 리포트를 쓰는 게 숙제래요. 토론을 못하고 에세이를 못 쓰는 이유는 자기의 주장과 생각, 의견이 없기 때문이에요.

세상을 잘 사는 사람들에는 두 가지 부류가 있어요. 하나는 자기가 하는 일을 자세히 보고 알고 있는 사람, 또 하나는 남의 말을 듣고 그 말이 옳은 말이면 내 생각과 행동을 얼른 바꾸는 사람이지요. 그런 사람이 세상을 잘 사는 사람입니다.

네 나무가
어떻게
하고 있데?

내가 가르쳤던 2학년은 세 명이나 네 명일 때가 많았습니다. 이 아이들은 집에 보내 주어도 집에를 안 가요. 세 명 중에 한 명은 일중리 마을 살고, 한 명은 회문리 마을에 살고, 한 명은 물우리 마을에 살아요. 집에 가면 놀 사람이 없습니다. 그러니까 집에 안 가고 학교에서 노는 거지요.

　어느 날 충용이가 이렇게 일기를 써 왔어요.

　'오늘은 담벼락하고 축구를 했다.'

　충용이는 마을에서 뚝 떨어진 외딴 곳에 사는 아이였습니다. 같이 공을 차며 뛰어놀 친구가 없으니까 혼자 벽에다 공을 찬 겁니다.

집에 안 가고 남아 있는 아이들이나, 아침 일찍 학교에 와서 노는 아이들과 함께 글쓰기를 했지요.

아이들에게는 글을 쓰는 방법이나 기술을 가르칠 수 없어요. 아이들은 사회적인 용어나 철학적인 용어, 역사적인 용어의 개념이 아직 없습니다. 그래서 아이들에게 우리가 살고 있는 주위의 사물들을 자세히 보는 법을 알려 주었지요. 그리고 자신들이 본 것을 글로 쓰게 했습니다. 글쓰기를 통해서 우리가 살고 있는 이 세계를 자세히 보는 눈을 갖도록 한 것입니다.

사람들은 글쓰기 하면, 시와 소설을 생각합니다. 그런데 생각해 보세요. 초등학교 2학년은 시와 소설을 알지 못합니다. 아이들에게 소설을 쓰고 시를 쓰게 한 것이 아니라 글을 쓰도록 한 것이지요.

새 학기가 되면 나는 아이들에게 자기 나무를 한 그루 정하게 했습니다. 자기가 사는 곳에서 하루 중에 가장 많이 볼 수 있는 나무를 자기 나무로 정하게 했어요.

우리 반 세 명이 자기 나무를 정하는 데 일주일이나 걸려요. 아이들, 말 안 들어요. 말을 잘 들으면 누가 아이들이라고 하겠어요. 그런데 가만히 생각해 보면 아이들이 말을 꼬박꼬박 잘 듣는 것도 문제예요. 또 가만히 생각해 보면 어른들은 또 얼마나 말을 안 듣습니까? 일주일 정도 지나면 아이들이 자기 나무를 정합니다. 도시에 있는 2학년 30명이 자기 나무를 정하려면 아마 한 학기가 다 지나갈 거예요.

새로운 생각은 받아들이는 힘에서 온다

자기 나무를 정하고, 그 이튿날 아이들에게 물어보기 시작합니다.

"네 나무 봤냐?"

그리 쉽게 안 보지요. 그러나 끈질기게 아침마다 네 나무 보았느냐고 물어보면, 아이들이 집에서 놀다가 자기 나무가 눈에 띄겠지요? 그러면 '내일 또 학교에 가면 선생님이 너 나무 봤냐 하고 물어보지 않을까' 하고 나무를 보겠지요? 그렇게 아이들이 나무를 보게 되는 것입니다.

어느 날 "네 나무 봤냐?" 하면 "네 보았어요!" 하고 자신 있게 말합니다. 그러면 나는 "네 나무가 어떻게 하고 있데?" 하고 물어봅니다. 대답을 못 해요. 그냥 나무를 보기만 했지, 나무에서 어떤 일이 일어나고 있는지는 보지 않았던 것이지요.

나는 다시 계속해서 아이들에게 집에서 놀다가 나무가 눈에 보이면 자세히 보라고 합니다. 그러면 아이들이 집에서 놀다가 자기 나무가 눈에 띄면 그때부터 '관심'을 가지고 나무를 '다시', '자세히' 봅니다. 나무를 다시 자세히 보는 순간 놀랍게도 세상이 달라집니다.

세상의 수많은 남자와 여자 중에 어떤 남자를, 어떤 여자를 다시 보는 순간 인생이 달라집니다. 여러분의 아버지, 어머니가 처음 만났을 때 그냥 지나가게 내버려 두었으면 여러분이 태어나지 않았을 것입니다. 그런데 둘 다 서로를 관심을 가지고 자세히 본 것입니다. 그러니까 이 남자가, 이 여자가 너무 멋진 거예요. 그래서 같이 살게 되었고 여러분이 태어난 겁니다. 부정적으로 달라졌는지 긍정적으로 달라졌는지는 모르겠지만(웃음), 어쨌든 다시 보는 순간 인생이 달라진 거예요.

아이는 자기 나무를 관심을 가지고 새롭게 다시 자세히 보게 됩니다. 경수라는 아이가 있었는데, 어느 날 경수에게 물었습니다. "경수야 네 나무 봤어?" 하고 물었더니 "네 봤어요" 그러는 거예요. "네 나무가 어떻게 하고 있데?" 하고 물어봤습니다. 그랬더니 이렇게 대답했습니다.

"제 나무는요, 마을 앞에 있는 커다란 느티나무인데요, 학교 오면서 보니까 느티나무 밑에서 할아버지들이 놀고 계셨어요. 그리고 그 앞에는 시냇물이 흐르고 있었고요. 시냇물 건너에는 들판이 있었는데 들판에서는 사람들이 모내기를 하고 있었어요."

"와! 그래, 그럼 지금 네가 한 말을 그대로 써봐라."

느티나무 김경수

내 나무는 마을 앞에 있는
커다란 느티나무다
아침에 학교에 오면서 보니까

새로운 생각은 받아들이는 힘에서 온다

느티나무 밑에
할아버지들이 놀고 있었다.
할아버지들이 노는 그 앞에는
시냇물이 흐르고
시냇물 건너에는 들판이 있는데
들판에서는 사람들이
모내기를 하고 있었다.

놀랍죠? 느티나무 하나만 보라고 했는데 경수는 이것도 보고 요것도 보고 저것도 본 거예요. 한 그루의 나무를 자세히 보면 주위의 사물들도 하나씩 보이게 됩니다.

교육이란 정답을 가르치고 정답을 외워서 하나뿐인 정답을 쓰게 하는 것이 아니라, 하나를 알게 해서 열을 알게 하는 것입니다. 세상에 답이 하나밖에 없다는 것은 정말 답답한 일입니다. 돌멩이 하나를 놓고 모든 사람에게 똑같은 말을 하라고 하는 것과 다르지 않습니다. 하나를 알게 해서 열을 알게 하는 상상력이야말로 새로운 세계를 창조하는 힘입니다.

한 그루의 나무를 통해서 새로운 세계를 그리는 힘을 갖게 하는 것이 종합이고 통합이고 통섭이고 융합입니다. 융합이란 물리적이고 화학적인 작용을 통해서 세계를 움직이게 하는 새로운 힘을 창조하는 것입니다. 물리적이고 화학적인 융합에 사람의 생명을 중요하게 생각하는 인문학을 더할 때 우리가 사는 세상은 더 새로워질 것입니다.

한 그루의 나무를 자세히 보게 하면 그것이 무엇인지 알게 되고, 무엇인지 알게 되면 이해가 되고, 이해가 되어야 비로소 그것이 내 것이 되는 것입니다.

지식이 내 것이 될 때 인간을 귀하고 소중하게 가꾸려는 행동과 실천 즉, 아는 것이 인격이 되는 것이지요. 아는 것이 인격이 될 때, 우리는 이 세상에 존재하는 모든 것들이 나와 깊이 관계 맺고 있다는 것을 알게 됩니다.

인간은 죽을 때까지 평생 관계를 관리하면서 삽니다. 우리는 나라를 관리하는 사람들을 공무원이라고 부르잖아요. 공무원은 나라를 관리하는 사람을 말합니다. 개인이든 국가든 어떤 사회 조직이든 관계를 잘 관리할 때 안정을 가져옵니다.

관계는 갈등을 불러옵니다. 갈등이란 둘 사이의 긴장을 말해요. 다툼과 싸움이 일어나는 거지요. 모두들 자기가 옳다고 싸움을 하면 시끄럽고 불편하고 힘이 듭니다. 그래서 사람들은 갈등을 조절하고 조정해서 서로 화해하고 조화로운 세상을 만들려고 노력합니다.

갈등은 잘못된 것이 드러나는 것입니다. 그러면 사람들은 그 불편함을 벗어나기 위해 서로의 생각을 고치고 바꾸어 새로운 생각을

새로운 생각은 받아들이는 힘에서 온다

찾아 맞추어서 조화롭게 하지요. 조화란 너는 죽고 나는 사는 것이 아니라, 너도 살고 나도 사는 것입니다. 서로 어울려 더불어 사는 것이지요.

조화로움을 찾다가 보면 생각이 일어납니다. 그 생각들을 정리하는 것이 곧 삶이고 예술이고 정치이고 교육입니다.

생각이 중요합니다. 왜냐하면 우리가 사는 세상의 모든 것들이 다 생각으로 만들어졌어요. 생각을 논리적으로 정리한 것들이 세상의 모든 것들입니다. 책상도 의자도 휴대전화도 우주선도 비행기도 다 생각을 정리한 것입니다. 생각을 논리적으로 정리하는 것이 철학이고, 그런 삶을 우리는 철학적인 삶의 태도라고 말합니다.

삶을 논리적으로 정리하는 철학적인 삶의 태도를 가진 사람에게는 신념이 있습니다. 신념이란 우리가 살아왔던 세상과 우리가 살고 있는 세상을 자세히 들여다보고, 우리가 살아갈 세상을 믿는 것입니다.

그러한 신념이 있을 때 어제와 오늘의 바탕 위에서 새로운 내일을 창조하게 됩니다. 우리가 믿고 살아갈 세상을 새롭게 창조할 수 있게 되는 것이지요. 새로운 세상이 또 새로운 글이 되고, 새로운 과학이 되고, 새로운 철학이 되고, 새로운 집이 되고, 새로운 길이 되고, 새로운 스마트폰이 됩니다.

삶을 정리하는 태도를 가진 사람들은 늘 새로운 것을 찾아갑니다. 새로운 세상으로 나아가는 것이지요. 새로운 것들은 사람들의 시선을 끌게 되고, 공감을 불러일으킵니다. 그 새로움이 예술일 때 사람들은 감동합니다.

우리가 지금 하고 있는 공부는 하나를 가르쳐 주면 반드시 하나만 알아야 합니다. 고민하면 안 됩니다. 다른 생각을 해서도 안 되지요. 하나의 답만을 강요하니까 생각을 할 수 있는 공간이 없어서 사람들의 영혼이 텅텅 비어 버린 것이지요. 우리의 아이들 중에 많은 아이들은 지금 답답하고, 화가 나 있습니다. 무엇인가 저질러 보고, 뛰쳐나가고 싶지요. 늘 폭발 직전에 놓여 있는 것처럼 불안합니다.

우리가 살고 있는 세상을 다시 보는 순간 세상이 달라집니다. 그냥 보는 게 아니고 다시 보고 자세히 봅니다. 그래야 무엇인지 알게 됩니다. 경수한테 느티나무를 보라 했더니 할아버지도 보고 시냇물도 보고 들판도 보았어요. 하나를 자세히 보다 보니까, 이것도 눈에 보이고 요것도 눈에 보이고……. 이것이 하나를 알면 열을 안다는 겁니다.

점점, 차차, 하나하나 세상을 깨닫게 되고 그러면서 상처받고 넘어지고, 넘어지면 또 일어나서 살아갑니다. 세상을 살아갈 힘을 얻게 되지요. 내가 살아가야 할 자리를 찾아갑니다. 그게 공부이지요. 시달리면서 피는 꽃이 더 곱고 오래가고 아름답습니다.

뭘 써요,
뭘 쓰라고요?

이제 우리 아이들이 어떻게 생각을 정리했는가를 볼까요? 슬기가 〈아버지〉라는 시를 썼습니다. 슬기 엄마도 내가 가르쳤습니다. 슬기 엄마는 이름이 이은정입니다.

아버지 강슬기

아버지의 일은 회사 일이다.
회사 일은 어렵겠다.

일이 꼬이면 풀기가 어려우니까
줄넘기 두 개가 꼬이면
풀기 어려운 거하고
회사 일은 같겠다.

　이 글을 보면 슬기네 집에 꼬이는 일이 있지요? 이 글을 읽다가 깜짝 놀라서 슬기 엄마한테 전화를 했어요. "은정아, 너희 집에 무슨 일 있나?" 물었더니 없대요. "야 근데 네 딸이 이렇게 써 왔다" 하고 이 글을 읽어 줬어요. 그랬더니 한참 있다가 "아아, 며칠 전에 슬기 아빠가 술을 많이 마시고 집에 들어오자마자 마루에 벌러덩 눕더니 '아이고, 꼬인다 꼬여' 하며 금방 잠을 잤어요" 하더라고요.
　슬기가 그 말을 듣고 이튿날 학교에 와서 줄넘기를 하려고 줄넘기를 꺼내 보니까 줄넘기 두 개가 꼬여 있는 거예요. 꼬인 줄넘기를 풀다가 누구 생각이 났습니까? 아빠가 생각났던 겁니다. 슬기는 이렇게 해서 〈아버지〉라는 글을 씁니다.

중간고사 임채훈

오늘은 시험을

새로운 생각은 받아들이는 힘에서 온다

보는 날.

나는 죽었네.

나는 죽었어.

왜냐하면

꼴등을 할 테니.

아까 채훈이 아빠도 내가 가르쳤다고 말씀드렸지요? 채훈이 아빠 이름은 임택수입니다.

뭘 써요, 뭘 쓰라고요? 문성민

시 써라.

뭘 써요?

시 쓰라고.

뭘 써요?

시를 써서 내라고!

네. 제목은 뭘 써요?

니 마음대로 해야지.

뭘 쓰라고요?

니 마음대로 쓰라고.

뭘 쓰라고요?

한 번만 더 하면 죽는다.

성민이는 우리 동네 삽니다. 성민이 아버지도 내가 가르쳤어요. 이 글은 성민이하고 나하고 한 이야기입니다. 학교 운동장에 벚꽃이 만발한 날, 우리 반 아이들에게 벚꽃을 보고 글을 쓰라고 했습니다. 그런데 성민이는 한 줄도 쓰지 않고 놀기만 했어요. 내가 "성민아 글 써라" 했더니 나를 빤히 바라보면서 "뭘 써요?" 했습니다. 내가 다시 "글 쓰라고" 그랬더니 성민이가 다시 "뭘 써요?" 그러는 거예요. 내가 성질이 나서 "아, 글 써서 내라고!" 그랬더니 그때는 "네" 하더라고요.

글쓰기가 얼마나 쉽습니까? 내가 겪은 한순간을 붙잡아 자세히 글로 써보는 것, 그게 바로 글쓰기의 시작입니다.

벚나무 윤예은

벚나무는 아름다운

꽃이 핍니다.

나는 아름다운 벚꽃을 보면

새로운 생각은 받아들이는 힘에서 온다

마음이 조용해집니다.

나는 그게 아주 좋습니다.

이 글 잘 썼지요?

언니 양승진

언니가 코를 골아요.

코굴코굴 참 시끄러워요.

숨이 팔딱팔딱 뛰어요.

동시를 안 쓰고 잤어요.

언니가요.

승진이의 언니는 우리 반이었습니다. 나한테 혼났지요.

아침 김재영

거미줄에

이슬이

동글동글

바람에 흔들린다

가만히

들어 보면

음악이 들릴까?

　세 명, 네 명이던 우리 반에 외지에서 아이들이 전학을 와서 열두 명이 된 때가 있었지요. 웃을지 모르겠지만 나는 그때 대단히 힘들었습니다. 생각해 보세요. 세 명만 가르치다가 갑자기 열두 명을 가르쳤으니 얼마나 힘이 들었겠어요? 늘 3등까지만 있다가 갑자기 꼴등이라는 등수가 생겼으니 머리가 아팠지요.

　그중 한 아이가 비가 온 다음 날 아침, 학교에 오다가 거미줄을 봤습니다. 학교로 가는 논두렁길에 키 큰 풀이 많은데, 거미들이 풀잎과 풀잎 사이에 거미집을 짓지요. 전학생 재영이는 거미줄에 동글동글 이슬이 맺혀 있는 걸 악보로 본 겁니다. 이슬방울이 바람이 불어 똑똑 떨어지니까 음악이 들릴까 한 거지요. 대단하지요? 정말 거미줄에서 음악 소리가 나는 것 같습니다.

새로운 생각은 받아들이는 힘에서 온다

콩, 너는 죽었다

콩 타작을 하였다
콩들이 마당으로 콩콩 콩콩 뛰어나와
또르르또르르 굴러간다
콩 잡아라 콩 잡아라
굴러가는 저 콩 잡아라
콩 잡으러 가는데
어, 어, 저 콩 좀 봐라
쥐구멍으로 쏙 들어가네

콩, 너는 죽었다

이 시를 써서 아이들이 교실 벽에다 붙여 놨습니다. 어느 이른 봄날 소설가 박완서 선생님께서 지인들과 우리 학교에 오셨습니다. 광양으로 벚꽃 구경을 가기 전에 우리 학교에 들르셨지요. 그리고 아이들이 벽에 써 붙여 놓은 이 동시를 보신 겁니다.

"김 선생, 이리 와봐요. 이 시는 정말 잘 썼네요. 이 아이는 커서 나중에 훌륭한 시인이 되겠어요" 하셨습니다. 내가 "선생님 근데요 그 시는 제가 썼는데요" 그랬더니, 선생님께서 "아이고" 하시며 그

자리에 앉아 버리셨지요.

이 시는 내가 쓴 시입니다. 나는 이미 훌륭한 시인이 되어 있었던 거지요.(웃음) 내가 그런 게 아니라 박완서 선생님이 그렇게 말씀하셨다니까요.

어느 날 우리 어머니가 마당에서 콩 타작을 하고 있었어요. 나무 막대기로 콩을 탁탁 때리니까 콩들이 콩콩 뛰어나와 마당으로 또르르 굴러갔습니다. 그런데 콩 하나가 작은 구멍으로 쏙 들어가는 거예요. 그걸 보고 어머니가 이렇게 말씀하셨어요.

"용택아, 콩 조건 인자 죽었다."

내가 얼른 방에 들어가서 이 시를 썼지요.

책방에 가면《콩, 너는 죽었다》시집이 있습니다. 여러분이 이 시집을 사 보면 여러분은 정신적으로 풍요로워지고, 나는 경제적으로 풍요로워집니다. 우리는 이것을 '경제의 민주화'라고 합니다.(웃음) 사회적인 용어로 말하면 상생과 공생입니다.

아이고 참, 경제의 민주화가 이렇게 간단한 줄 몰랐죠? 내가 일주일 후에 서점으로 전화를 해서 "《콩, 너는 죽었다》가 많이 팔립니까?" 물어볼랍니다. 많이 안 팔렸으면 경제의 민주화가 깨진 것으로 알고 있겠습니다.(웃음)

새로운 생각은 받아들이는 힘에서 온다

쥐 서창우

쥐는 나쁜 놈이다
먹을 것을
살짝 살짝
다 가져간다
그러다가 쥐약 먹고 죽는다.

내가 제일 좋아하는 시입니다.

여름 서창우

이제
눈이 안 온다
여름이니까

이 시에 이의가 있으신 분 손들어 보세요. 이의가 없을 때 우리는 예술이라 부릅니다. 정치도, 경제도, 사회 모든 활동도 이의가 없을 때가 반드시 있어야 됩니다.

빡빡하게
칠해 봐

자, 이제 2학년 아이들이 그린 그림을 보겠습니다. 나는 아이들에게
그림을 가르친 적이 별로 없습니다. 종이만 손바닥 크기부터 점점
크게 잘라서 교실에 놔두었습니다. 아이들이 놀다가 심심하면 "나
그림 그릴래" 하고 그림을 그립니다. 같이 앉아 그림을 그리다가 다
그리면 "다 그렸다!" 하며 내 책상 위에 놓아둡니다.

　놀라워요. 아이들이 어떻게 이런 그림을 그릴 수 있을까요? 내버
려 두면 아이들은 자기 생각을 이렇게 그림으로 정리합니다. 어른들
생각으로 고치고 바꾸면 아이들은 어른들이 시키고 가르친 대로밖
에 못 그립니다.

　　　　　　　　　　　　새로운 생각은 받아들이는 힘에서 온다

나는 아이들이 그림을 그려 오면 늘 한마디만 했습니다.

"다해야, 좀 빡빡하게 칠해 봐. 빈 데 없이."

보세요. 진짜 빡빡하게 칠했지요? 여러분도 이렇게 그림을 잘 그릴 수 있습니다. 다만 안 할 뿐이지요. 여러분도 심심하면 크레파스랑 스케치북 사다 놓고 아무거나 그려 보세요. 어떤 그림이 좋고 나쁘다고는 아무도 평할 수 없습니다. 유명한 사람이 그렸다고 좋은 그림이 아니에요. 얼마나 정성을 다했는지가 중요합니다.

천둥과 번개가 치고 있습니다. 아이들이 집으로 가고 있죠. 아이들은 비가 오거나 우산이 뒤집어지거나 아무 상관이 없습니다. 집에 가면 좋습니다. 비가 오면 비를 맞아서 재미있고 눈이 오면 눈을 맞으며 즐거워합니다. 아이들은 세상의 모든 것들이 새롭고 신비하지요. 박수근 선생님 그림 같지요? 장욱진 선생님 그림 같기도 하고요.

1학년 3명, 2학년 3명 합동 체육시간입니다. 입이 찢어집니다. 행복해 보이죠? 별것도 아니고 철봉에서 이렇게 행복하다는 것이 얼마나 부럽습니까? 철봉에 매달려서 이렇게 행복한 사람은 아이들 뿐일 거예요. 여러분은 철봉에 매달려서 놀라고 해도 5분도 못 있을 겁니다. 그런데 아이들은 철봉에서 40분을 재미있고 신나게 그리고 행복하게 놀아요.

새로운 생각은 받아들이는 힘에서 온다

이거 접니다. 어우~ 조폭같이 그려 놓았어요. 내가 눈 수술을 해서 선글라스를 끼고 학교를 갔는데, 이렇게 그려 놓았어요. 애들은 별 게 다 재미있습니다.

내가 머리를 빡빡 깎아 봤는데 유치원 아이들이 학교만 가면 내 머리를 어찌나 만지려고 하는지 머리를 하루에 서너 번씩 만지게 해야 했습니다. 까실까실 참 좋은가 봐요.

아이들의 눈에는 세상 모든 것들이 다 신비롭고, 아이들의 마음은 호기심으로 가득 차서 어찌할 줄을 모릅니다. 그러니 세상이 얼마나 재미있고 신나겠어요.

　꽃병입니다. 3천 원짜리 꽃병을 하나 갖다 놨는데 이렇게 그렸어요. 꽃병이 사람이죠? 그림 속에다가 또 다른 그림을 그렸지요. 대단합니다.

　그림 속에 있는 이런 꽃을 꽂아 놓은 적이 없습니다. 아이들은 사물을 본 그대로 그리지 않고 자기 식으로 그립니다. 그게 그림이지요. 보세요. 화병이 사람 얼굴입니다. 웃으면 입이 찢어질까 봐 이렇게 꽃잎으로 양쪽 입술 끝을 꼭 찍어 놨습니다. 꽃병을 빡빡하게 칠했습니다.(웃음) 말을 잘 들어요.

　　　　　　　　　　　새로운 생각은 받아들이는 힘에서 온다

벚꽃입니다. 대단하지요? 어떻게 2학년이 이렇게 그릴 수 있을까요? 나중에 커서 훌륭한 화가가 될 것 같아요.

'2002년 봄에 김은철'이라는 사인까지 받아 놨습니다. 그림에 작가 사인이 없으면 그림 값을 제대로 못 받습니다.(웃음) 나중에 은철이가 화가가 되면 이 그림이 얼마나 비싸지겠어요? 나는 그런 계산까지 다 합니다.

아이들이 그리고 쓴 그림과 글을 가지고 다니면서 이야기를 하면 사람들은 이렇게 말하기도 합니다.

"선생님이 다 손을 봐줬겠지?"

공부란 아이들의 생각을 귀하고 소중하게 가꾸는 것이지, 아이들의 생각을 어른들에게 맞추어 뜯어고치는 것이 아닐 것입니다.

닭입니다. 닭이 열 받았죠? 벼슬도 부리도 다리도 몸통도 허벅지도 다 성질났어요. "일주일 동안 닭을 보고 와서 월요일 날 그린다." 이렇게 얘기했어요. 우리 학구에 닭을 키우는 집이 한 집밖에 없어요. 물론 가두어 기르겠지요. 아이들이 닭을 보러 가서 그냥 가만히 봤겠어요. 돌도 던지고 나무 막대기로 건드렸겠지요. 닭이 화가 나 있는 모습을 보면 아이들이 닭한테 어떻게 했는지 짐작이 갑니다.

새로운 생각은 받아들이는 힘에서 온다

이 그림은 겨울 풍경입니다. 눈이 올 때지요. 그날 마침 눈이 와서 운동장을 내다보면서 그림을 그리라고 했더니 이렇게 눈을 그렸습니다.

이와 같이 아이들은 그림으로 자기 생각을 논리적으로 정리합니다. 새로운 세계를 만들어 내는 거지요. 이것이 창조입니다.

이렇게 우리가 살아온 세상과 살고 있는 세상을 논리적으로 정리해서 새로운 세상, 즉 새로운 것을 만들어 내면 사람들은 그것에 마음이 끌립니다. 관심을 갖고, 공감하고, 감동을 하는 것이지요.

앞서도 말했지만, 감동은 눈에 보이지 않지만 큰 힘을 가지고 있습니다. 감동은 바람처럼, 햇살처럼 손에 쥐여지지 않지만 느끼고 스며듭니다. 그리하여 생각을 바꾸고 행동을 바꾸게 합니다. 햇살이 바람이 풀과 나무를 가꾸듯이 말입니다.

새로 쓴 한 줄의 시가, 한 문장이 나를 바꾸기도 하고, 누군가가 만들어 놓은 어떤 물건 하나가 세상을 바꾸어 놓습니다.

새로운 생각은 받아들이는 힘에서 온다

4장.

사는 것이
공부고
예술이
되어야지

새, 벌레들, 물소리,

물 흐르는 모양,

벌레 우는 소리,

앞산 나무와 곡식들,

농부들이 씨를 뿌리고 가꾸고 거두고 또 노는 모습,

아무튼 너무 심심하니까 세상이 다 자세히 보인 거야.

자세히 보니까 생각이 일어났어.

그 생각들이 내 마음의 곡식 같아서 버리기가 아까운 거야.

그래서 그냥 글로 옮겨 써봤어. 그랬더니 시가 되었어.

어느 날 내가 시를 쓰고 있어서 나도 놀랬다니까.

정말 심심해서 그랬어.

사는 것이 공부고 예술이 되어야지

받아들이는 힘을
키우는 일,
공부

우리는 흔히 감동을 주는 것들을 살아 있다고 말합니다. 생명력이 있다는 말이지요. 몇백 년 전에 쓰인 시가, 몇백 년 전에 그려진 그림이, 몇백 년 전에 작곡한 음악이 생생히 살아서 볼 때마다 들을 때마다 새로운 느낌을 주고 감동을 줄 때 우리는 살아 있다고 말합니다. 그런 작품들을 고전이라고 부르지요.

이 사진 속 나무는 앞서 말했던 노인들이 놀던 마을 앞 느티나무예요. 굉장히 잘생겼지요? 이 느티나무는 어렸을 때도 느티나무였는데 지금도 느티나무예요. 나름대로 잘 자랐지요. 몇백 년을 한곳에 머물며 나무는 이렇게 자랐습니다. 그런데 얼마나 의젓하고 당당해

요. 2백 명이 밀어도 아마 끄덕 안 할걸요.

왼쪽 사진은 언제일까요? (가을!) 오른쪽 사진은 언제일까요? (겨울!) 똑같은 나무예요. 눈이 어떻게 오면 저렇게 나무에 쌓일까요? 늘 저렇게 눈이 쌓이지는 않거든. (쌓이는 눈이 올 때!) (일동 웃음) 아주 지당한 말이에요. 딱 맞는 말이야. 바람이 없이 눈이 올 때 저렇게 쌓입니다.

왜 아이들에게 나무를 보라고 하느냐 하면, 나무는 언제 보아도 완성이 되어 있습니다. 싫지 않아요. 나무를 싫어하는 사람 봤어요? 나무는 바라볼수록 편안해요. 언제 보아도 편안해. 완성이 되어 있으면 편안해요.

나무는 언제 봐도 완성이 되어 있는데, 볼 때마다 달라요. 놀라워요. 햇볕에 따라서, 바람에 따라서, 날씨에 따라서, 내 마음에 따라서 달라 보여요. 신비롭지 않아요? 언제 보아도 새로우니까, 질리지 않습니다.

나무를 보고, 강물을 보고, 달빛을 보고, 바람 부는 나뭇가지를 보고 싫어하는 사람은 아마 없을 것입니다. 비가 오고 눈이 내리는 모습을 바라보며, 여름 하늘의 뭉게구름을 바라보며, 파도치는 바다를 바라보며 사람들은 마음을 정리하고 다스립니다. 자연은 잘 정리되어 있고 볼 때마다 다르기 때문입니다.

나무는 정면이 없습니다. 우리는 모두 정면을 보고 살지요? 우리는 두 개의 정면이 있습니다. 남과 북이지요. 인위적으로 남과 북이 만들어졌고, 그 남과 북 중에 한쪽만을 바라보아야 합니다. 남과 북, 좌파와 우파, 진보와 보수 그 어느 한쪽을 선택해야 합니다. 그러지 않으면 불편하고 어려운 일을 당하게 되기도 합니다. 어느 쪽이든 한쪽에 들어서야 편하게 삽니다.

모든 집들도 다 정면이 있습니다. 요즘은 간혹 정면이 없는 집들을 짓기도 하지만, 아파트도 청와대도 광화문도 모두 정면이 있어요. 사람도 정면이 있고요. 나무가, 자연이 아름답고 편한 이유는 딱하나예요. 정면이 없기 때문입니다. 보는 쪽이 정면이기 때문입니다.

나무는 경계가 없습니다. 나무는 여행도 안 다녀요. 학원도 안 다녀요. 대학도 안 다녀요. 아침저녁 출퇴근도 안 해요. 사람이 건들지

새로운 생각은 받아들이는 힘에서 온다

않는 한, 딱 그 자리에 오랜 세월 동안 서 있습니다. 서서 거기서 잘 자라요.

시골에 살아도 이제 도시하고 똑같습니다. 시골 아이들도 밖에 나가서 놀지 않아요. 나무 이름 몰라요. 아무도 일을 시키지 않고 아무도 일을 하지 않고 모두 공부합니다. 노는 꼴을 못 봅니다. '놀토'를 쳤는데도 놀면 큰일 나는 줄 알아요.

나는 아이들에게 비가 오면 비를 보여 주고 바람이 불면 바람에 운동장을 뒹구는 나뭇잎을 보여 주었습니다. 그리고 자기 나무를 정해 주었지요. 1년 내내 자기 나무를 바라보라고 했지요. 한 그루의 나무를 자세히 보고, 나무를 자세히 보다 보면 다른 것도 보이고, 그렇게 세상을 자세히 보다 보면 나도 보이고 이웃도 보이고 자연도 보이지요.

인생을 잘 산 사람들은 두 가지 특징이 있다고 했지요? 하나는 남의 이야기를 잘 듣고, 그 말이 옳으면 내 생각과 행동을 바꿔 나갑니다. 또 하나는 자기가 하는 일을 자세히 봅니다. 이 두 가지를 잘하는 사람이 세상을 잘 살아가는 사람입니다.

자기를 바꿔 가는 사람들, 세상을 바꾸는 사람들은 다 남의 말을 귀담아듣는 사람들입니다. 그래서 공부란 어느 날 하루아침에 이뤄지는 게 아니라 오랜 세월이 필요하고, 학교에서 선생님하고만 하는 것이 아니라 삶이 공부가 된다고 말하는 것이지요.

자기가 하는 일을 자세히 보면 내가 무엇을 해야 할지를 알게 됩니다. 이렇게 자기를 바꿔 가는 거지요. 국어를 잘하는 사람은 다른 게 아니라 국어를 자세히 보는 사람이에요. 영어를 잘하는 사람들은 영어를 자세히 듣고 자세히 보는 사람이고요.

결국 공부란 받아들이는 힘을 키우는 것입니다. 보세요. 이 나무와 저 나무가 똑같은 나무인데 이렇게 새로운 세상이 펼쳐지지요? 나무는 정면이 없다고 했지요? 경계도 없다고 했지요? 그냥 가만히 서서도 늘 자기를 새롭게 그려 냅니다. 왜? 받아들이니까!

나무는 비가 오면 비를 받아 들고 다른 모습으로 서 있습니다. 아침에 해가 뜨면 아침 해를 받아 들고 다른 모습으로 서 있어요. 그건 나무가 받아들이기 때문입니다. 나는 나무가 비를, 바람을, 햇살을, 달빛을 오지 말라고 거부하는 것을 보지 못했어요. 바람이 불면 바람을 받아들여 바람 속의 나무가 되고, 달빛이 들면 달빛을 받아들여 달빛 속의 나무가 됩니다.

매 순간 자기에게 오는 것들을 받아 들고 새로운 모습을 보여 줍니다. 받아들이는 힘이 있을 때만 자기의 새로운 모습을 세상에 그려 낼 수 있습니다. 받아들일 때만 사람은 자기를 세상에 우뚝 세울 수 있습니다. 밤하늘에 빛나는 저 별은 어둠을 받아들여서 저렇게 반짝이는 것입니다.

창조의 힘은 받아들이는 힘에서 나옵니다.

새로운 생각은 받아들이는 힘에서 온다

오늘부터
엄마 말
듣지 마라

공부란 받아들이는 힘을 키우는 것인데, 우리 사회는 여러분이 받아들이는 입구, 지식이 들어오는 모든 구멍 여기저기를 막아 놓았습니다. 놀 줄도 모르고, 살 줄도 모르고, 하루 종일 어머니 입에서 나오는 세 마디만 듣고 삽니다.

공부해라, 학원 가라, 컴퓨터 좀 그만해라.

답답하지요? 힘든 삶을 삽니다. 아이들이 가방을 메고 학교 가는 모습을 보거나 학원 차에 타는 모습을 보면 나는 가슴이 먹먹합니다. 왜 저 아이들은 날마다 공부만 해야 되는가. 저렇게 공부를 해서 어디다가 써먹나.

우리 가정은 사랑으로 뭉쳐진 아름다운 공동체가 아니고 아이를 서울대에 보내기 위한 강력한 사회 조직이라고 말하는 사람들도 있습니다. 일면 맞는 말이지요. 조직이 뭡니까. 각자 역할 수행만 잘하면 됩니다. 아빠는 돈 벌고, 엄마는 서울대에 갈 수 있도록 정보 수집·분석하고, 아이들은 공부만 하면 되지요. 가정은 아름다운 삶의 공동체의 기본입니다. 그 개념이 사라지고 있다는 말이겠지요.

이건 농담인데요. 웃자고 하는 말이지요. 중·고등학교에서 강연하게 되면 이런 말을 합니다.

"오늘부터 엄마 말 듣지 마라."

그렇다고 엄마 말을 너무 안 들으면 안 되니까, 이제부터 엄마가 하는 말은 참고만 하라고 해요. 그리고 오늘부터 엄마가 하고 싶은 건 엄마보고 하라고 그러는 거지요.

많은 엄마들이 자식한테 서울대를 가라고 하잖아요. 그러면 이렇게 물어보세요.

"엄마, 서울대가 그렇게 좋아?"

자기 아들, 딸 입에서 서울대라는 말이 나오니 엄마가 얼마나 좋겠어요. 드디어 우리 딸이, 우리 아들이 서울대에 관심을 갖게 되었구나!

"좋지."

그러면 이렇게 물어보는 거지요.

"엄마, 서울대가 진짜 그렇게 좋아?"

"좋지."

"그러면 엄마가 한 1년 재수해서 서울대를 가는 게 어때요?"

보통 중·고등학교에 다니는 자녀를 둔 어머니들의 나이대가 사십 대예요. 엄마들이 다 젊어요. 백 살까지 산다는데 사십 대면 살날이 얼마나 남은 거예요? (60년!) 자기 60년 남은 세월은 어떻게 하고 여러분한테만 서울대에 가라고 하는 거냐, 이 말입니다. 왜 공무원만 되고, 선생님만 되고, 의사, 변호사만 되라고 하는 거냐고요.

오늘부터 엄마가 좋아하는 것은 엄마보고 하라고 하고 여러분은 여러분이 좋아하는 걸 찾으세요. 공부라는 건 좋아하는 것을 찾는 거예요. 본래 공부란 학생들에게 살아왔던 세계와 살고 있는 세계를 보여 주고, '너는 무엇을 하면서 살래?', '네가 좋아하는 건 뭐냐?'를 찾아 주는 것입니다. 학교가 해줘야 할 일이 바로 학생들이 좋아하는 것을 찾아 주는 것이지요.

좋아하면 열심히 합니다. 열심히 하면 잘해요. 잘하는 것을 평생 하면서 사는 겁니다. 취직을 바로 할 게 아니고, 좋아하는 것을 찾아야 합니다. 서른 살 안에만 찾으면 돼요. 방황하고 좌절하고 절망하세요. 직장에 취직해도 60세만 넘으면 퇴직해야 해요. 그래서 더더욱 좋아하는 걸 찾아야 합니다.

오늘부터 깊이 생각해 보세요. 더디더라도 방황하고 실패하고 좌절하면서 자기가 좋아하는 일을 찾는 순간, 사람은 100% 달라집니다. 늦게 출발하더라도 싫어하는 걸 하는 사람과 자기가 좋아하는 일을 하는 사람은 하늘과 땅 차이예요. 지금은 좀 뒤처져 있는 것 같아도, 30~40세쯤 되면 자기가 좋아하는 일을 하는 사람이 훨씬 멀리 앞서가 있습니다.

좋아하는 일을 찾기 위해 이것도 해보고, 저것도 해보고…… 그러다 보면 자기한테 맞는 것이 생길 거예요. 누구든 다 10년이 걸려요. 아무리 천재라도 10년 안에는 자기가 원하는 것을 이루지 못해요. 오늘부터 있는 힘을 다해서 자기가 좋아하는 일을 찾으세요. 그럼 이루지 못할 게 없어요.

평생 좋아하는 일을 하면서 살 것인가, 60세까지 하기 싫은 일을 하면서 살 것인가가 중요합니다.

지금 직장에 다니는 사람들을 붙들고 물어보세요. 정말 직장이 즐겁고 재미있고 행복한 사람은 드물어요. 여러분의 아버지, 어머니도 아침마다 직장에 나가기 싫어 죽을 지경일 겁니다. 싫어하는 일을 어떻게 30년을 해요?

좋아하는 일을 찾으세요. 삶이 공부가 되어야 합니다. 직장 생활이 공부가 되어야 합니다. 직장을 그만두더라도 새로운 60년을 살 준비가 되어 있어야 해요. 그러지 않으면 살기가 너무 힘들어요. 배우면 써먹어야 합니다.

새로운 생각은 받아들이는 힘에서 온다

우리 어머니는 평생 공부했어요. 늙어 죽을 때까지 일하고 살잖아요. 평생 교육이란 바로 그런 것입니다.

새로운 땅을
딛게 해준 선생님,
책

앞에서 이야기했듯이 나는 강가에 있는 작은 마을에서 태어나, 그 마을에서 3킬로미터쯤 떨어진 곳에 있는 초등학교를 다녔습니다. 그리고 중학교와 고등학교를 졸업하고 선생이 되어 다시 내가 졸업한 초등학교로 왔지요.

나는 그때까지 교과서 말고는 다른 책을 읽은 적이 별로 없었습니다. 우리 동네에는 책을 읽는 사람이 없었어요. 글자를 아는 사람은 있었어도 책을 사서 읽을 만한 사람은 없었던 거지요.

중·고등학교 다닐 때도 책을 볼 기회가 없었습니다. 지금처럼 학교에 도서실이나 도서관이 있을 리 없고, 있다 하더라도 나는 책

새로운 생각은 받아들이는 힘에서 온다

을 읽을 생각을 하지 못했을 겁니다. 어느 날 친구 집을 가게 되었는데, 정말 책이 많았습니다. 책장에 꽂혀 있는 책을 처음 보고 놀라던 때를 나는 지금도 또렷이 기억합니다. 책이 책장에 꽂혀 있었던 것이지요.

스물두 살 때 선생이 되었는데, 어느 날 내가 근무하는 학교로 월부 책 장수가 왔습니다. 옛날에는 책 장수가 책 카탈로그를 가지고 직장을 찾아다녔어요. 카탈로그에 '도스토옙스키' 전집이 있었는데, 너무 멋져 보이는 거예요. "다음에 이 책을 가져오세요" 그랬더니 그 사람이 그 책을 가져왔습니다. 일곱 권짜리 전집이었는데, 다른 책하고 달리 크기도 크고 표지 장정도 아주 멋있었어요.

읽으려고 산 게 아니라 그냥 샀습니다. 너무 멋져서. 딱 들고 있으면 폼이 나는 겁니다. 한 권씩 빼서 베개로 썼어요.(웃음) 두께나 넓이가 목침으로 하면 딱 좋았어요. 그러다가 어느 날 한 권 빼서 읽어 봤어요. 《카라마조프가의 형제들》. 너무 재밌었지요. 책에 쏙 빠져들었어요. 정말 놀라웠습니다. 책 속에 글자들이 만들어 내는 새로운 세상이 있었던 거지요.

'와! 책 속에 이렇게 많은 이야기들이 있고, 사람들이 살아 있다니!'

그런데 여러분도 러시아 책을 읽어 봐서 알겠지만 이름이 복잡해요. 그렇죠? 이런 스키, 저런 스키, 별 스키들이 다 나오잖아요. 주

사는 것이 공부고 예술이 되어야지

인공 이름을 메모해야 해요. 그래 놓고 한 사람 한 사람 맞춰 가면서 읽었어요. 그렇게 도스토옙스키 전집 일곱 권을 다 읽었습니다.

그랬더니 이 월부 책 장수가 다음에는 다섯 권짜리 '헤르만 헤세' 전집을 가져왔어요. 지금도 가지고 있어요. 너무 소중해서. 그 다섯 권을 다 읽었어요. 그리고 또 학교에 갔더니 이 책 장수가 이번에는 '앙드레 지드' 전집을 가지고 왔어요. 그 책을 사서 읽었어요. 박목월, 이어령 전집도 그때 읽었습니다.

어느 해던가 여선생님 한 분이 우리 학교로 전근을 왔는데, 그 선생님 교실에 가봤더니 한국문학 전집 50권짜리가 있는 겁니다. "선생님 저 책 보세요?" 하고 물었더니 안 본대요. "그럼 혹시 저한테 팔면 안 될까요?" 했어요. 자기는 안 보니까 팔겠다는 겁니다.

40년이 됐는데 잊어 먹지도 않아요. 얼마에 팔겠느냐 했더니, 자기는 6만 원을 주고 샀는데 한 2~3년 됐으니까 4만 원만 주면 되지 않겠느냐고 해요. 그것도 월부로 샀어요. 월급 타서 4개월 동안 만 원씩 주고 50권을 사서 본 거지요. 너무너무 재밌었습니다. 우리나라의 모든 문학 장르가 총망라된 책이었습니다. 그 책을 1년 넘게 읽었어요.

스물일곱 때인가 전주에 갔는데, 헌책방이 있더라고요. 골목 하나가 다 헌책방이었어요. 책이 한 권에 10원, 20원이었어요. 100원만 가지고 가도 열 권을 살 수 있잖아요. 너무 좋아서 방학만 되면

새로운 생각은 받아들이는 힘에서 온다

큰 가방을 들고 전주에 가서 가방 가득 책을 샀지요. 무거워서 들지도 못해요. 낑낑대며 터미널까지 가서 버스에 싣고, 우리 동네까지두 시간 반 동안 차를 타고 왔어요.

시골 차부에서 내려 우리 동네까지 가려면 30분을 걸어야 해요. 그래서 정류장에 미리 지게를 갖다 놨습니다. 지게에다가 책을 짊어지고 들길을 걸어서 집으로 왔어요. 집에 와서는 방에다가 책을 탁 부리는 거지요. 가방을 풀고 책을 확 쏟았어요.

그 책들은 지금도 가지고 있습니다. 벌레가 슬고 먼지가 풀풀 나요. 그래도 가지고 있어요. 나중에 책장에 정리해 놓고 이렇게 써 붙여 놓을 거예요. '지게로 지어 나른 책'.

그렇게 책을 읽고 났더니 세상이 달라 보이기 시작했어요. 나는 누구일까? 어떻게 살아야 할까? 우리 아버지와 어머니는 누구이며, 그분들이 살아온 세상은 어떤 세상이었을까? 우리나라는? 세계는? 별의별 생각들이 다 일어나 나를 흔들어 놓았어요. 너무 많은 생각들이 일어나서 머리가 터질 것 같았습니다.

그런데 그때는 많은 사람들이 다 도시로 가버리고 주위에 친구들이 아무도 없었어요. 젊은이는 나 혼자였어요. 이야기를 나눌 사람이 없으니, 답답해서 어느 날부터인가 쌓인 생각들을 쓰기 시작했어요.

한 5~6년 아무렇게나 생각들을 썼는데, 어느 날 보니까 내가 시를 쓰고 있었어요. 얼마나 놀랐겠어요? 내가 시를 쓰고 있는 거예요. 그런데 이게 시인지, 아닌지, 뭔지를 모르겠는 거예요.(웃음) 내가 보기에는 시 같은데, 누구한테 보여 줄 수 있는 사람도 없고. 그렇게 혼자 책을 읽으면서 시를 13년간 썼습니다.

시를 쓰면서도 시인이 되어야겠다는 생각을 해본 적이 없었어요. 책을 읽고 내 생각을 정리하는 것이 그냥 좋았어요. 생각을 정리하고 나면 새로운 생각이 찾아왔고, 생각이 마음속에서 쌓여 요동치면 그 생각들을 썼어요. 그러면 생각이 정리되어 마음이 편하고 조용해졌지요. 그렇게 생각들을 정리하고 밖으로 내보내고…… 그런 일을 반복하면서 나는 내가 좋아지기 시작했어요.

무엇이 되어야겠다는 생각은 없었지만, 점점 나를 믿게 되고 내가 사는 세상을 믿게 되었지요. 나는 그게 좋았어요. 심지어 내가 세상을 아름답게 가꾸고 싶다는 생각도 들었습니다. 그러니까 책을 읽으면서 내가 사는 이 세상과 나의 관계를 귀하고 소중하게 가꾸고 싶다는 욕심이 생긴 것이지요.

그렇게 하루하루 책을 읽으면서 세상의 질서를, 내가 살아가는 의미를 나름대로 깨달아 갔어요. 내게 주어진 매 순간이 중요했고, 그 순간을 확실한 내 삶의 '현실'로 만드는 일이 중요했어요. 무엇을 하며 어디에서 사는가보다는 어떻게 사느냐가 중요하다는 것도 그때 알게 되었지요.

새로운 생각은 받아들이는 힘에서 온다

그런데 어느 날 〈섬진강 1〉을 써놓고 읽어 보니까 내가 봐도 너무 시를 잘 쓴 것 같아요. 그 시를 쓴 날이 1981년 11월 23일이었는데, 그 노트를 아직도 가지고 있어요. 지금 보니까 한 번에 쫙 썼더라고. 시를 써놓고 보니까 내가 살고 있는 마을 앞의 섬진강 이야기였어요. 그래서 〈섬진강〉이라는 제목을 붙이고 계속 섬진강 강가에 사는 사람들의 슬픔과 기쁨과 그들의 분노에 대한 생각들을 쓰기 시작했지요.

그렇게 1~2년 쓰다 보니까 아, 이게 시 같은 거예요. 정리를 해서 창작과비평사에 보냈더니 한 달 만엔가 엽서가 왔어요. 읽어 봤는데 시가 좋아서 신인작품으로 발표했으면 하는데 어떠냐, 허락을 하신다면 사진을 보내 달라. 사진을 보냈는데, 2주 만에 또 엽서가 왔어요. 그런 사진 말고 다른 사진을 보내 달라.(웃음)

그런 사진은 뭐고 다른 사진은 뭘까. 그런 사진은 나는 조그맣게 나오고 풍경이 많이 나온 사진을 말해요. 옛날에는 카메라가 귀했으니까, 얼굴 사진을 찍어 놓은 게 없었어요. 그래서 넥타이를 매고 순창까지 버스를 타고 가서 사진을 찍어 가지고 보냈습니다.

드디어 한 달 후에 소포가 왔어요. 내 생에 태어나서 처음으로 받은 소포였습니다. 열어 봤더니 21인 신작 시집《꺼지지 않는 횃불로》였는데, 21명의 시인들이 쓴 시가 아홉 편씩 실려 있었어요. 제일 *끄트머리*에 내 이름이 있었어요. 김. 용. 택.

손이 떨렸어요. 마음이 떨렸지요. 책을 펴서 읽어 볼 수 없었습니다. 생각해 봐요. 시골에서 13년 동안 혼자 시를 썼는데 그게 책에 실렸으니 얼마나 떨렸겠어요? 너무 떨려 가지고 내 시를 읽을 수가 없었어요. 진정이 안 돼서 이틀 있다가 책을 펼쳤어요.

제일 앞에는 박두진 선생님 시가 실려 있었어요. 그리고 책장을 넘기는데 다른 사람 시들은 읽히지도 않았어요. 드디어 내 시를 읽었지요.

섬진강 1

가문 섬진강을 따라가며 보라
퍼가도 퍼가도 전라도 실핏줄 같은
개울물들이 끊기지 않고 모여 흐르며
해 저물면 저무는 강변에
쌀밥 같은 토끼풀꽃,
숯불 같은 자운영꽃 머리에 이어주며
지도에도 없는 동네 강변
식물도감에도 없는 풀에
어둠을 끌어다 주이며

새로운 생각은 받아들이는 힘에서 온다

그을린 이마 훤하게
꽃등도 달아준다
흐르다 흐르다 목메이면
영산강으로 가는 물줄기를 불러
뼈 으스러지게 그리워 얼싸안고
지리산 뭉툭한 허리를 감고 돌아가는
섬진강을 따라가며 보라
섬진강물이 어디 몇 놈이 달려들어
퍼낸다고 마를 강물이더냐고,
지리산이 저문 강물에 얼굴을 씻고
일어서서 껄껄 웃으며
무등산을 보며 그렇지 않느냐고 물어보면
노을 띤 무등산이 그렇다고 훤한 이마 끄덕이는
고갯짓을 바라보며
저무는 섬진강을 따라가며 보라
어디 몇몇 애비 없는 후레자식들이
퍼간다고 마를 강물인가를

내가 쓴 시를 읽는데 머리끝이 쫙 섰어요. 너무 시를 잘 쓴 거예

요. 감동적이었어요. 그때 느꼈어요. '아 모든 일에는 자기 감동이 필요하구나.' 화장을 하고 거울로 자기 얼굴을 보고 '아, 화장 잘됐다' 하고 자기가 감동해야 다른 사람도 예쁘다고 해주지요? 모든 일은 다 자기 감동이 필요해요. 자기가 한 일에 자기가 감동하지 않으면 다른 사람이 감동할 리 없지요. 자기도 감동이 없는 일을 어떻게 남이 감동하겠어요.

나는 그렇게 시인이 되었어요. 그땐 정말 잠을 안 잤어요. 자나 깨나 앉으나 서나 책만 봤어요. 애들 가르치고 퇴근을 하면 강 길을 걸으면서 책을 봤어요. 책을 보다 보면 새벽닭이 울었어요. 새벽 3시, 4시가 보통이었어요. 그렇게 책을 읽었습니다.

책만 보고 있으면 부러운 것도, 두려운 것도 없었어요. 나의 정신은 요동치고 달리고 뛰고 펄펄 날았어요. 절망이, 외로움이, 좌절이, 방황이 다 내 것이었어요. 세계가, 세상이……. 나는 그때 정말 대단했어요.

나는 평생 작은 마을, 작은 초등학교에 머물러 살았지만 책은 나에게 새로운 세상으로 나가는 문을 열어 주었어요. 새 땅을 딛게 해 주었습니다. 내가 사는 세상이 늘 달라 보였고, 새롭고 신비로웠지요. 사는 일이 늘 그래야 한다는 생각을 하게 되었습니다.

내가 사는 마을의 모든 나무와 새와 벌레들과 사람들과 강물과 바람이 내 책이고 내 스승이었듯이. 책은 그렇게 늘 내게 새로운 '그

새로운 생각은 받아들이는 힘에서 온다

땅'을 딛게 해주는 위대한 선생님이었습니다.

나는 세 가지 소원이 있었습니다. 어릴 때는 소풍 때 멸치볶음을
싸 가는 게 소원이었어요. 초등학교 다닐 때 소풍을 가면 아이들이
멸치볶음을 싸 올 때가 있었는데, 너무나 먹고 싶었어요. 한 번 집어
먹어 보라고 해서 먹었더니 정말 맛있었지요. 아, 그때 나는 멸치볶
음을 가지고 소풍을 가는 게 소원이었어요.

두 번째로는 돈을 전혀 생각하지 않고 영화를 보고, 책을 사 보
는 게 소원이었어요. 마지막은 돈을 생각하지 않고 담배를 사 피우
는 거였어요. 돈이 없어서 책도 외상으로 사 보고, 담배도 외상으로
사 피웠어요. 월급을 타면 서점에 가서 책값을 갚고, 담배 가게에 가
서 한 달치 담뱃값을 갚았어요. 담배는 어느 날부터 안 피우게 되었
어요.

책 외상값은 1995년도에 다 갚았어요. 돈이 없어 책을 못 사면
토요일 날 책방에 갔어요. 잡지는 책방에서 선 채로 읽었어요. 책을
한 권도 안 사면 미안하니까 시집 한 권 사고, 책방에서 하루 종일
책을 읽었어요. 하도 오래 읽으니까 책방 아가씨가 의자도 주고, 빵
도 사다 주고 그랬지요. 나중에 그 아가씨가 익산으로 시집을 갔어
요. 어느 날 익산에서 책방을 한다고 전화가 왔어요. 달려갔지요.

내가 시인으로 등단할 즈음에 전주에 사회과학 서점이 생겼습니
다. 조그마한 책방이었는데, 그 주인이 지나가는 나를 알아봤어요.

그 책방 주인하고 친해져서 그때부터는 그 친구 책방에서 외상으로 십몇 년간 책을 사서 봤어요. 월급 타서 5만 원 갚고 새 책 가져오고, 5만 원 주고 새 책 가져오고.

1995년도에 드디어 아내가 책 외상값을 다 갚았다고 방으로 뛰어 들어와 저를 안고 좋아했어요. "여보, 대한독립 만세! 드디어 책 외상값을 다 갚았어요!" 하며 좋아하던 아내의 모습이 지금도 생생합니다.

나는 영화를 너무 좋아해요. 중·고등학교 때는 순창 극장에 들어오는 영화란 영화는 다 보다시피 했지요. 그때부터 지금까지 쉬지 않고 영화를 봤어요. 안 본 영화가 거의 없어요. 지금도 영화는 다 보지요.

한 사람이 한 가지 것을 오랫동안 좋아하다 보면 거기에 대해서 할 얘기가 생겨요. 그 이야기를 글로 쓰면 책이 되는 거지요. 그래서 영화에 대한 글을 썼어요. 《촌놈 김용택, 극장에 가다》. 첫 권이 몇만 부가 나가서 베스트셀러가 됐어요. 그동안 봤던 모든 영화 값을 한번에 다 회수했어요. 앞으로 볼 영화 값도 한번에 해결했지요.(웃음)

이창동 감독이 만든 〈시〉라는 영화에 출연도 했습니다. 영화를 촬영할 때 내가 NG를 너무 내니까 감독님이 "형님 저 좀 잠깐 보죠" 하면서 나를 따로 불렀어요. 그러더니 "형님, 필름 한 통에 4분 돌아가요. 그런데 이게 25만 원이거든요" 하는 거예요. 내가 돈을 너무 많이 쓴 것 같아서 깜짝 놀랐어요. 어쨌든 영화를 오래 보다 보니까 영화에도 출연했어요.

한 사람이 한 가지 것을 오래 하다 보면 생각이 일어나고, 생각을 쓰면 글이 되고, 나도 모르게 그 일에 참여하게 되지요.

나름대로
잘 살면 된다

2008년 퇴직하고 나서는 강연을 다녔습니다. 오라는 데가 많아졌어요. 내 이야기를 듣고 좋아하는 사람들이 있어요. 희한한 일이지요? 열두 가구 사는 아주 깊은 산골에서 고등학교를 나와 평생 시골에서 초등학교 선생을 했는데, 그것도 2학년 몇 명을 가르치며 산 것이 전부인데, 사람들이 나를 찾아요. 남들이 생각하면 참 이상하다고 하겠지요. 이해를 못 해요. 어떻게 저런 사람이 강연을 다닐까, 하고요. 그래서 생각해 보았지요. 사람들이 왜 나를 찾을까.

첫 번째는 '평생 공부'입니다. 책을 보는 것만이 공부가 아니라는 것을 나는 알았습니다. 앞서 농사짓는 사람들 이야기를 하면서, 농

새로운 생각은 받아들이는 힘에서 온다

부들은 사는 게 공부라고 했지요? 하루하루 살다가 보면 내가 잘못한 게 너무 많고 옆 사람이 잘하는 게 많다는 것을 알게 됩니다. 그때 잘못한 것은 고치고 바꾸어서 잘한 사람 쪽으로 편을 들어 잘한 사람과 맞추는 것이지요. 그것이 나의 공부 방법이었습니다. 공부는 지식을 쌓아 세상을 자세히 보고 내 생각과 행동을 바꾸는 것이라고 했지요? 나는 그렇게 하려고 노력했습니다.

나는 일찍 자요. 저녁 9시면 거의 잡니다. 그러고 새벽 3시 반에서 4시에 일어납니다. 어쩔 때는 새벽 2시에 일어날 때도 있어요. 일찍 자니까 일찍 일어나겠지요? 자다가 눈을 뜨면 바로 일어납니다. 다시 자려고 애를 써본 적이 별로 없어요.

조간신문이 새벽 3시에 옵니다. 신문은 세 개를 받아 봅니다. 서울에서 나오는 신문 두 개, 전라북도에서 나오는 신문 한 개를 봅니다. 신문에는 우리가 살고 있는 이 세계가 다 담겨 있습니다. 신문의 칼럼, 사설, 인터뷰 기사를 봅니다.

이 세 개 신문을 다 읽고 나면, 인터넷에 들어가서 내가 중요하게 생각하는 신문의 헤드라인 기사를 봅니다. 각 신문마다 칼럼을 잘 쓰는 분들을 대강 알고 있어요. 그분들의 칼럼을 찾아서 읽습니다. 이렇게 하는 데만 한 시간 정도가 걸려요. 중요한 기사, 좋은 칼럼은 다운 받아서 아들, 딸한테 보냅니다.

마지막으로 시를 찾아 읽습니다. 그리고 그 계절에 맞는 짧은 시

한 편을 아들, 딸한테 보냅니다. 시를 이해하면 우리가 사는 세계를 가장 빠르게 이해할 수 있게 됩니다. 생각을 넓히고, 넓힌 생각을 조직해서 표현하는 법을 빨리 알게 되지요. 시는 이슬비처럼 사람들의 마음을 적셔 주는 아름다운 힘이 있습니다. 감성을 확장해 줍니다. 그 감성이 이성과 논리가 되고 신념이 되어 나타나지요. 세상을 아름답게 가꿉니다.

조선 시대에는 시를 잘 쓰는 사람을 뽑아서 나라의 관리를 시켰습니다. 문리가 터진 사람만이 시를 쓸 수 있습니다. 문리가 터지면 세상 이치를 깨닫기 때문에 나라를 잘 관리했던 것이지요. 과거 시험에서 시를 짓게 한 이유입니다.

문리文理란 여러분이 말하는 문과와 이과를 말합니다. 문리가 터졌다는 말은 문文과 이理가 하나가 되어 세상의 이치를 훤하게 안다는 말이겠지요. 말이 될지 모르겠지만 그것이 요새 사람들이 말하는 통섭이나 융합이 아닐까요?

문과와 이과를 나누는 것을 저는 잘 이해하지 못합니다. 같이 가야지요. 이과는 기술과 기능에 가깝지요. 문과는 시서화詩書畵, 문사철文史哲을 말합니다.

두 번째는 '예술'입니다. 나는 예술적 감성을 놓치지 않고 살았어요. 미술관을 찾아다니고, 영화를 놓치지 않고 보고, 연극도 보러 다녔습니다. 오랜 세월 동안 시를 읽고 그림을 보고 영화를 좋아하다

새로운 생각은 받아들이는 힘에서 온다

보니, 나중에는 그냥 내 눈에 보이는 것들을 다시 한 번 자세히 보면 세상이 다 예술이었지요.

흔들리는 나뭇가지, 피어 있는 꽃, 걸어가는 사람들의 모습, 가만히 서 있는 나무, 높이 뜬 달빛 아래 굽이돌아 흘러가는 강물, 어둠을 뚫고 가는 강물, 아침과 저녁에 듣는 새소리와 바람 소리, 늦여름 쏟아지는 느닷없는 소낙비…… 아내가 해놓은 밥까지 다 사는 게 예술이 되었습니다.

일상이, 삶이 곧 예술이 되어 주었지요. 삶의 예술이 나를 바꾸고 세상을 바꾸지요. 크고 위대하고 화려한 것들이 아니라, 문득 이마를 스치는 바람 한 줄기, 길가에 핀 작은 풀꽃 한 송이의 감동이 세상을, '그곳'을 바꿉니다.

세 번째는 '생태적인 삶'입니다. 멀쩡한 생태계를 포클레인으로 다 뒤집어서 생태공원을 조성하는 생태가 아니라, 자연이 알아서 하도록 도와주는 게 생태입니다. 환경이 우리를 위협한다고 하는데, 그것은 거짓말입니다. 우리가 환경을, 생태를 파괴했지요. 자연은 스스로 알아서 죽고 삽니다. 사람들이 편하고 안락하게 살려고 자연을 죽인 거지요. 죽이면 죽습니다. 천리天理지요. 진리입니다.

마지막으로 '나름대로 사는 행복한 삶'입니다. 태어나 늙어 죽을 때까지 행복하기만 한 사람은 없어요. 그런 사람 있으면 어디 손들고 나와 보라고 하세요. 그런 일은 없습니다. 누구나 다 고민을 안고,

괴로움과 고통을 받으며 삽니다. 절망이 있고, 좌절이 있지요.

무슨 일이 있으면, 우리 어머니가 늘 그랬습니다. 올라갈 때가 있으면 내려갈 때가 있고, 한 달이 크면 한 달이 작다. 살다 보면 별일이 다 있다. 넘어지면 일어나고 넘어지면 일어나고 또 넘어지면 일어나 사는 게 인생이다. 넘어져 일어나 살다 보면 무슨 수가 난다. 삶이 해답을 가져다준다는 말이겠지요.

모두 자기가 원하는 세상에서 살 수는 없습니다. 그렇게 되지 않지요. 그게 정상입니다. 그러나 자기가 하는 일을 평생 싫어하며 살수는 없지요. 그래서 나는 늘 나름대로 잘 사는 것이 중요하다는 말을 하고 다닙니다.

소나무는 소나무대로 잘 크면 되고, 참나무는 참나무대로 잘 크면 되고, 대추나무는 대추나무대로 잘 크면 되는 거예요. 대추나무에서는 대추가 많이 열리면 되고, 참나무에서는 상수리가 많이 열리면 되고, 소나무에서는 솔방울이 많이 열리면 되는 겁니다. 나름대로 살면 된다는 이야기지요.

나름대로 자기의 삶을 귀하고 소중하게 가꾸는 것이 중요합니다. 그런 사람이 행복한 사람이라는 생각을 합니다.

우리가 불행하고 힘든 이유를 잘 들여다보면, 거의가 남 때문이에요. 엄마 친구 아들이 공부를 잘하면 우리 엄마가 나를 무시합니다. 그러면 내가 불행해져 버려요. 남과 비교해서 불행해지고, 남과

새로운 생각은 받아들이는 힘에서 온다

경쟁해서 불행해집니다. 왜 남 때문에 내가 불행해져야 합니까? 이게 말이나 됩니까? 나 때문에 불행하면 고칠 수 있는데, 남 때문에 내가 불행하면 이건 고칠 수 없어요. 어떻게 해볼 도리가 없습니다.

자기가 하고 있는 일을 귀하고 소중하게 잘 가꾸면 되는 거예요. 그러다 보면 길이 생깁니다. 나는 그것이 행복이라고 생각합니다. 물론 그런다고 모든 것이 다 뜻대로, 마음대로 되겠어요? 지금을 잘 살아야지요. 지금이 좋아야지요. 지금이 좋은 사람이 제일 행복한 사람 아닐까요?

남의 100점이 중요한 게 아니라 내 60점이 내 것이라고 생각하면, 그 60점이 정말 귀해집니다. 내 것, 내 희망, 내 사랑, 내 삶…… 귀하고 소중한 내 것들이 모이면 세상이 귀하고 소중한 것이 되겠지요. 내 것이 우리 것이 될 때 우리는 지금껏 경험해 보지 못한 새로운 세상에 가 있을 것입니다. 전혀 다른 세상을 경험하게 될 것입니다.

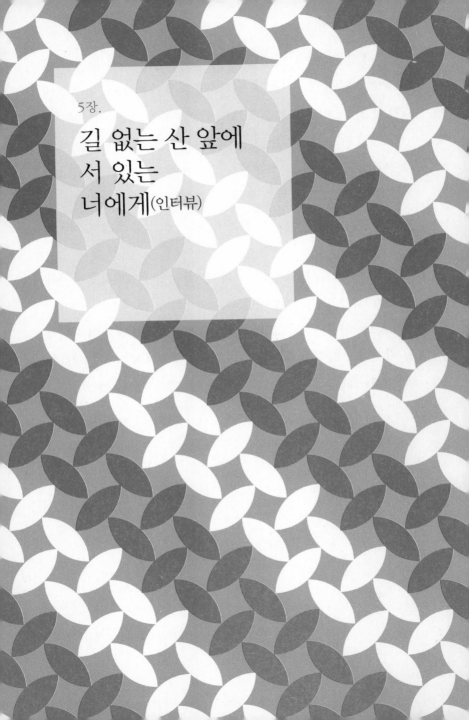

5장.

길 없는 산 앞에
서 있는
너에게(인터뷰)

좋아하는 일을
찾는 것이
먼저다

Q 선생님의 최근 근황은 어떠신가요?

A 2008년도에 초등학교를 그만뒀습니다. 환갑에 맞춰 그만뒀어요.
요즘은 주로 강연을 다닙니다. 콘서트에 초대되기도 하고 초등학교
나 중·고등학교, 기업체, 도서관, 지자체, 공무원, 교사들에게 강연
을 합니다.

요즘은 시골 할머니, 할아버지들에게도 강연을 갑니다. 강연이 끝나
면 할머니들이 내 손을 잡고 "아이고오, 내 속을 들어갔다 나온 것같
이 훤하요" 하고 말씀하시지요. 우리나라 사람들 진짜 공부 많이 해

요. 어떤 때는 이런 말을 해주고 싶어요. 공부 그만하고 그동안 살면서 배운 것을 잘 써먹자고요.

사람들이 좋아하는 드라마도 보고 영화도 많이 봅니다. 특히 사람들이 좋아하는 연속극은 열심히 봅니다. 사람들이 좋아하는 어떤 것을 가만히 들여다보면 현실적인 호소력이 있고 자신의 문제나 우리들의 문제를 해결할 어떤 답이 그 속에 있습니다.

사회 현상이라는 것은 어떤 일에 대해 많은 사람들이 관심을 갖는 것을 말합니다. 사람들이 관심을 갖게 되면 그 문제가 사회적으로 번져 나갑니다. 변화의 낌새는 그런 관심에서 싹이 틉니다. 변화의 발화점이기도 합니다. 용접할 때 불똥 하나가 엄청난 불로 번지기도 하잖아요. 그렇기 때문에 사람들이 관심을 가지는 것에 주목할 필요가 있는 것이지요.

시간이 많으니, 이런저런 책도 만들고, 글도 쓰고, 또 많이 놀아요. 그러면서 삽니다. 살다 보면 할 일이 생겨요. 생기는 일들을 해결하면서 삽니다. 그게 인생이지요.

Q 어렸을 때부터 시인이 되고 싶으셨나요?

A 나는 초·중·고등학교 때까지 교과서 외에 책을 읽어 본 적이 없어요. 시골이라 교과서 외에 책이 없었습니다. 마을 사람들 중에 책

새로운 생각은 받아들이는 힘에서 온다

을 읽는 사람을 보지 못했습니다. 학교에도 책이 없었어요. 아니, 학
교에 책이 있는지 없는지도 몰랐습니다. 책이 있었어도 나하고는 아
무런 상관이 없었을 것입니다. 책에 흥미가 없었으니까요. 스물두 살
때 초등학교 선생이 되었는데, 그때부터 책을 읽기 시작했어요.

책을 읽기 시작하면서 많은 생각들이 쌓이더군요. 생각들을 어
떻게 처리할 줄 몰라 일기 비슷한 글을 쓰기 시작했습니다. 어설픈
글쓰기, 이 일이 내 인생의 새로운 시작이었습니다. 일기를 쓰다 보
니, 어느 날 내가 시를 쓰고 있더라고요. 시를 써야지 하고 생각해 본
일이 없었던 것 같은데, 나도 놀랐습니다. 주위에 시에 대해 얘기할
만한 사람이 없었어요. 혼자였습니다. 외로웠지요.

해가 지는 것도, 달이 뜨는 것도, 눈이 내리는 것도, 풀꽃들이 피
고 지는 것들을 견디지 못해 강변을 헤맸습니다. 겨울이면 커다란
바위 뒤에 앉아 몸에 달라붙은 풀씨를 떼어 내서 강물에 던졌습니
다. 자연과 책 속을 헤매면서 세상일을 알아 가고, 자연이 하는 말을
알아듣기도 했습니다.

내 청춘 시절은 정말 외로웠습니다. 끈 하나 잡고 사정할 데 없는
고독 속에 있었습니다. 그래서 그런지 지금도 고립이 달콤할 때가
있어요. 청춘 시절 고립과 외로움이 나를 훈련시키고 강하게 닦달했
겠지요. 그러면서 나는 세상에 눈을 떠가기 시작했겠지요.

책을 읽기 시작한 지 13년 만에 문단에 나갔지만 시인이 된 것은

중요하지 않았습니다. 책을 읽으며 우리가 사는 세상을 이해하고 세상이 살 만하다는 것을 깨달아 가는 게 좋았습니다. 자기가 살고 싶어 하는 어떤 인생의 길에 들어서는 시간은 정말 길고 깁니다. 시작만 있고 끝이 없을 것 같은 게 인생입니다.

시인이 됐다는 것보다 책을 읽는 동안 얻은 세상에 대한 이해와 나에 대한 신뢰, 세상에 대한 신념이 나를 흥분시키고 들뜨게 했습니다. 고립된 청춘 시절, 작은 강 마을에서 달밤의 외로움을 견디는 일은 그리 간단치가 않았습니다.

그때 거울을 바라보면 거울 속의 내 눈은 진짜 반짝거렸지요. 무엇 하나 숨긴 것 없고, 용감하고, 거침없고, 부러운 것 없고, 당당하고, 깨끗하고, 맑고, 순수하고, 순결하고, 삶의 순정을 느꼈었지요. 내눈에 늘 내가 반했지요. 좋았어요.

정신의 상승과 추락을 나는 내 눈 속에서 찾아 읽었지요. 혼자 절망하고 좌절하고 또 혼자 희망차게 일어섰으니까요. 강가의 작은 마을이 나를 그렇게 훈련시켰어요.

Q 젊은 시절, 되고 싶거나 이루고 싶은 꿈은 없으셨나요?

A 내가 태어나고 자란 작은 마을에서, 그 마을에 있는 작은 학교에서 평생을 살았습니다. 나는 선생이 좋았습니다. 좋아하니, 내가 하

는 일이 공부가 되었습니다. 선생이 좋고 책 읽는 게 좋으니까 열심히 살게 되더군요. 나는 부러운 것도, 되고 싶은 것도 별로 없는 사람입니다. 선생이 되었으니, 선생만 잘하면 된다는 생각을 했던 것 같아요.

건방진 것 같지만 '그렇게' 살고 싶었는데 '그렇게' 된 것 같아요. 때로 나도 모르게 다른 일에 혹할 때가 있지만 조금만 마음을 바꾸면 내가 하는 초등학교 선생이 제일 좋았습니다.

그렇게 선생을 하다가 그만두고 나니, 사람들이 나를 찾기 시작해 강연을 하게 되었어요. 내가 좋아하는 일을 했기에 퇴직 후에도 할 일이 생겼습니다.

나는 직장이 공부하는 곳이었습니다. 좋아하는 일을 하면서 살아갈 수 있는 돈을 번다는 게 좋았습니다. 그러다가 보니, 사는 게 공부가 되었지요. 지금 당장은 직장에 취직하는 것이 전부인 듯 보이겠지만, 자기가 좋아하는 일을 찾으면 잘하게 되고, 잘하면 평생 즐겁게 할 일이 생깁니다.

힘들고 어렵고 견뎌야 하는 시간이 길지만, 평생 자기가 좋아하며 할 일을 찾는 일이 먼저라는 생각을 합니다. 자기가 좋아하는 일을 먼저 찾으세요. 그래야 평생 좋아하는 일을 하며 삽니다.

무엇을 하며
사느냐보다
어떻게 사느냐가
중요하다

Q 늘 글쓰기를 강조하시는데요, 왜 글쓰기가 중요한가요? 그리고 어떻게 하면 글을 잘 쓸 수 있나요?

A 글을 쓰는 사람들은 세상을 자세히 보는 사람들입니다. 자기가 하고 있는 일을 자세히 보다 보면 생각이 많이 나겠지요. 그 생각을 쓰면 글이 되는데, 그러다가 보면 자기가 하는 일이 더 자세히 보이겠지요.

이렇게 글쓰기는 자기가 하는 일을 잘하도록 도와줍니다. 글을 한 줄 쓰고 나면 내가 다른 세상에 가 있습니다. 새로운 세상에 가

새로운 생각은 받아들이는 힘에서 온다

있지요. 글은 사람을 늘 새로운 세상에 데려다 놓습니다.

글쓰기의 왕도는 없어요. 그냥 많이 읽고 많이 써보는 수밖에 없습니다. 쓰다 보면 써져요. 시를 쓰려고 하지 말고, 수필을 쓰려고 하지 말고, 소설을 쓰려고 하지 말고, 그냥 있었던 어떤 한 가지 일을 쓰다 보면 글이 써집니다. 그렇게 오랜 시간이 가다 보면 생각이 늘고 글이 늘고 그러지요. 글쓰기에 대해 스스로 깨닫게 되고 터득하게 돼요. 한번 해보세요.

세상에는 글을 쓰는 사람과 글을 쓰지 않는 사람이 있어요. 가만히 보면 세상에 드러나는 사람들은 글을 쓰는 사람들이에요. 어디서 무엇을 하며 사느냐보다, 사는 동안 책을 읽고 글을 쓰며 사는 것이 더 중요해요.

저를 보세요. 그 작은 마을에서 살았지요. 초등학교 2학년을 오래 가르쳤지요. 고등학교밖에 안 나왔지요. 평생 평교사로 살았지요. 그런데 지금도 자기가 좋아하는 일을 하며 살고 있잖아요.

책 읽기, 글쓰기가 평생을 좌우해요. 글을 쓰면 진짜 좋아요. 내가 늘 달라져요. 내가 새롭고, 세상이 신비롭고, 그러니 사는 게 감동이지요.

Q 선생님은 젊은 나이에 사회에 진출하셨는데, 두려운 건 없으셨나요?

A 나는 고등학교 졸업과 동시에 집에서 오리를 길렀어요. 빚을 내서 오리를 키웠어요. 그리고 금방 망했지요. 논을 몇 마지기나 팔아 먹었어요. 겁 없이 사업 시작했다가 그때 진짜 고생 많이 했어요. 그길로 서울로 도망을 갔습니다. 한 달 동안 친척집을 전전하며 밥을 얻어먹고 다니다가, 서울역에서 노숙도 하다가 다시 시골로 내려왔어요.

어느 날 친구들이 찾아와서는 교원양성소 시험 보러 가는데 같이 가자고 했어요. 나는 그런 시험이 있는 줄도 몰랐습니다. 선생이 되는 것은 상상도 안 해봤고요. 초등학교 교사가 너무 모자라서 고등학교를 졸업한 사람에게 시험 볼 자격을 줬어요. 합격이 되면 4개월 강습시키고 선생으로 내보냈어요.

친구들 따라 사진관에 가서 별 생각 없이 증명사진을 찍었는데, 친구들이 나도 모르게 사진을 찾고 원서를 써서 수험표를 가져왔더라고요. 그래 놓고 시험 전날 시험 보러 가라고 했습니다. 차비가 없었는데 친구들이 300원을 꿔 줘서 광주교대로 갔지요.

시험을 보려면 하루 자야 하는데, 여관에서 잘 돈이 없으니 어디서 자겠어요. 예전에는 숙직실에 가면 공짜로 잘 수 있었어요. 광주교대 안에 있는 숙직실로 가려고 하는데, 어디서 많이 듣던 목소리가 골목길에서 들리는 거예요. 친구들이었습니다. 친구 집에 가니 친구들이 많더라고요. 좁은 부엌 마루에서 잤어요.

그다음 날 시험을 봤는데, 친구들은 떨어지고 나만 붙었어요. 그렇게 갑자기 선생이 되었습니다. 웃기지요? 인생은 알 수 없어요.

Q 처음엔 어떠셨나요?

A 처음에는 힘들고 싫었습니다. 선생이 뭔지도 모르고 교단에 섰으니까요. 사람들이 나를 보면 얼마나 어설프고 웃겼겠어요. 아이들이 말도 안 듣고. 이 아이들과 함께 평생을 살아야 한다고 생각하니까 덜컥 겁이 났지요. 생각해 보세요. 예순 살 먹을 때까지 이 아이들하고 같이 살아야 한다니, 처음엔 안 하려고 했어요.

Q 어느 순간부터 좋아지셨나요?

A 선생을 하지 않고 대학에 가려는 생각도 했지만 생각뿐이었지요. 그럴 만한 조건이 안 되었어요. 실은 대학에 들어갈 공부를 한 번도 안 했거든요. 학교에 책을 팔러 오는 사람에게 책을 사서 읽다 보니 어느덧 8년이라는 세월이 지났어요. 그러다가 보니, 점점 아이들하고 노는 일이 좋아졌고, 아이들과 하루를 사는 일이 즐거운 일이 되었습니다.

'아, 어디서 무엇을 하고 사는 게 중요한 것이 아니라 어떻게 사는 게 중요하다. 내가 졸업한 이 작은 초등학교에서 이웃에 사는 이 아이들과 평생을 사는 것도 좋을 것 같다'는 생각을 하게 된 것이죠.

결심이 아니라 그래도 괜찮겠지 하는 막연한 생각이었지요. 생각은 다 막연해요. 생각대로 안 되는 일이 더 많아요. 또 늘 생각도 변하니까요. 그런데 나는 내가 생각한 대로 된 거예요. 이상하지요. 다행이지요. 좋아요.

나는 내가 좋을 때가 많아요. 그렇게 되고자 했는데 그렇게 되었으니, 얼마나 좋아요. 아마 되고 싶은 게 그리 큰일이 아니어서 그렇게 된 것 같아요. 또 그리 마음을 먹었지만 그렇게 살아 보겠다고 아등바등하지도 않았어요. 그냥 살았지요. 그냥 살다 보니, 그렇게 된 거지요.

Q 어떻게 보면 운이 좋으신 편인 것 같아요.

A 운이 좋았다고 봐야지요. 어느 날 친구들 덕에 평생직장을 얻었으니, 운이 좋았다고 할 수밖에요. 그리고 책을 보기 시작하고 또 글을 쓰는 사람이 되었으니, 정말 운이 좋았지요. 시골 작은 학교에서 아이들과 놀며 공부하고 등하굣길 오가며 자연을 바라보고 집에 가서 책 읽고, 글 쓰고, 그 이상 무엇을 더 바랐겠어요. 다른 생각들도 있었겠지요. 그러나 그 생각이 이 생각을 이기지 못했을 거예요.

책을 읽기 시작하면서부터 내 꿈은 책이 가득 쌓여 있는 방에서 사는 것이었어요. 그러나 사람이 살다가 보면 별의별 일들이 다 있어요. 정말이지 꿈에도 생각하지 않은 일들이 일어나 힘들 때가 많아요. 그래도 일어나 삽니다. 사람이 70년, 80년 사는데 얼마나 많은 난관들이 있겠어요. 쓰러지고 일어나고 쓰러지고 일어나 살지요.

어떻든 평생 돈 생각하지 않고 책 사서 책을 보면서 사는 것이 내 꿈이었어요. 그렇게 되었어요, 나는. 운이라기보다는 그렇게 되었어요. 나도 모르게요.

삶이
해답을
가져다주리라

Q 요즘 대학생들 보면 어떤 생각이 드시나요?

A 글쎄요, 나는 대학을 안 가봐서 잘은 모르겠지만, 참 하고 싶은 게 많을 거라는 생각은 해요. 초등학교 때부터 대학생이 되기까지 얼마나 공부 때문에 힘이 들었습니까. 대학에 들어가면 해방이라도 되는 줄 알았는데, 웬걸 이제 취직 공부 해야지요. 진짜 공부 싫지 요? 그런데 사실은 대학생이 공부를 제일 많이 열심히 해야 해요. 이 제 '진짜 공부'를 할 때입니다. 12년 동안 공부할 준비를 했으니, 정 말 공부를 해야지요. 내가 생각하기에 그래요.

새로운 생각은 받아들이는 힘에서 온다

나도 다 알아요. 여러분이 어떻게 여기까지 왔는지, 내가 왜 모르 겠어요. 다 알지만 정말 지금부터 공부를 해야 하지 않을까요? 단도 직입적으로 말하자면 대학생이 공부 안 하고 뭐합니까? 공부가 하 고 싶어 어떻게 놀아요. 책 보고 싶어서 어떻게 자요. 말하자면 그렇 게 공부해야 한다, 그 말이지요.

생각해 보면 대학 4년이 얼마나 긴 세월입니까. 4년 동안 못 이 룰 게 없을 것 같아요. 남 잘 때 안 자고, 남 놀 때 안 노는 사람들 세 상에 많습니다. 자기가 좋아하는 것을 찾으려고 잠 안 자고 책 보고 공부하는 사람 많아요. 가만히 보면 아무것도 안 하고 노는 사람들 이 쓸데없는 고민이 더 많고, 불평불만도 더 많아요. 지금 여러분이 살고 있는 모습이 10년 후의 여러분 모습입니다.

세상에는 두 가지 종류의 사람이 있습니다. 시작은 안 하고 걱정 만 하는 사람이 있고, 지금 무엇인가를 시작하는 사람이 있어요. 이 런 시가 있지요. 다소 길지만 끝까지 읽었으면 하네요.

지금 알고 있는 걸 그때도 알았더라면 **킴벌리 커버거**

지금 알고 있는 걸 그때도 알았더라면
내 가슴이 말하는 것에 더 자주 귀 기울였으리라

길 없는 산 앞에 서 있는 너에게

더 즐겁게 살고, 덜 고민했으리라

금방 학교를 졸업하고 머지않아 직업을 가져야 한다는 걸 깨달았으리라

아니, 그런 것들을 잊어버렸으리라

다른 사람들이 나에 대해 말하는 것에는 신경 쓰지 않았으리라

그 대신 내가 가진 생명력과 단단한 피부를 더 가치 있게 여겼으리라

더 많이 놀고, 덜 초조해 했으리라

진정한 아름다움은 자신의 인생을 사랑하는 데 있음을 기억했으리라

부모가 날 얼마나 사랑하는가를 알고

또한 그들이 내게 최선을 다하고 있음을 믿었으리라

사랑에 더 열중하고

그 결말에 대해선 덜 걱정했으리라

설령 그것이 실패로 끝난다 해도

더 좋은 어떤 것이 기다리고 있음을 믿었으리라

아, 나는 어린아이처럼 행동하는 걸 두려워하지 않았으리라

더 많은 용기를 가졌으리라

모든 사람들에게서 좋은 면을 발견하고

그것들을 그들과 함께 나눴으리라

새로운 생각은 받아들이는 힘에서 온다

지금 알고 있는 걸 그때도 알았더라면

나는 분명코 춤추는 법을 배웠으리라

내 육체를 있는 그대로 좋아했으리라

내가 만나는 사람을 신뢰하고

나 역시 누군가에게 신뢰할 만한 사람이 되었으리라

입맞춤을 즐겼으리라

정말로 자주 입을 맞췄으리라

분명코 더 감사하고

더 많이 행복해했으리라

지금 내가 알고 있는 걸 그때도 알았더라면

Q 제가 선택한 길이 잘못된 것일까 봐 두렵습니다. 주변에서 10년 넘게 자기가 다니던 직장을 그만두고 새로운 일에 도전하는 사람을 봤습니다.

A 훌륭한 분입니다. 10년 넘게 몸담은 직장을 그만두고 어떻게 처음부터 시작하겠다는 결정을 할 수 있었겠습니까. 대단한 용기가 필요합니다. 자기 자신의 삶을 가꾸며 살고 싶은 사람이지요. 남의 삶이 아닌, 나의 삶. 요즘 같은 세상에 아름답기까지 하네요. 지금은 힘

길 없는 산 앞에 서 있는 너에게

들겠지만 10년 후에는 정말 나름대로 만족한 삶을 살고 있겠지요. 자기가 좋아하는 일을 찾아 하는 사람이 그리 많지 않아요, 직장만 잡았지. 자기가 하기 싫은 일을 몇십 년간 하며 사느니, 자기가 좋아하는 일을 찾아 나서는 게 얼마나 좋아요.

자기를 가꿀 줄 아는 사람만이 자기를 세상에 세웁니다. 두려움을 무릅쓴 후에야 평탄이 있겠죠. 진짜 진부한 말 같지만 '인내는 쓰다, 그러나 그 열매는 달다'라는 말은 맞는 것 같아요.

Q 꿈을 이야기하면 "현실을 직시해", "현실적이지 않잖아" 그런 말들을 듣습니다.

A 도대체 현실적이란 말은 무슨 뜻입니까? 어른들이 시키는 대로 잘하면 된다는 것입니까? 어른들이 만들어 놓은 세상을 그대로 따라가라는 말입니까?

내가 선생을 시작했는데, 많은 선생님들이 위에서 시키는 대로 일을 잘해요. 그러다가 교감이 되고, 교장이 되면 본인이 시킵니다. 그런데 학교를 그만두고 났더니, 시키는 사람이 없어서 해야 할 일을 찾지 못합니다. 시킬 사람도 없어졌어요. 그러니 또 할 일이 없지요. 코앞에 닥친 현실이 중요한 게 아니라, 자기가 어떤 것을 현실화시키려고 노력하느냐가 중요하겠지요.

새로운 생각은 받아들이는 힘에서 온다

젊은이들에게 안락은 타락과 같은 말일 것입니다. 그렇게 살다 보면 세상은 언제 어떻게 진보하고 나아지겠습니까. 낡고 구태의연한 세상을 바꾸고자 하는 젊은이들의 열정이 세상을 사람다운 세상으로 바꾸어 갑니다.

혁명이란 말은 체제를 바꾸는 것이지만 구체적으로는 자기를 바꾸어 세상을 바꾼다는 말이겠지요. 젊은 청춘들이 말하는 현실적이라는 말이 안주와 그에 따라오는 타락이라는 말로 들리지 않았으면 좋겠습니다.

Q 마지막으로 젊은이들에게 당부하고 싶은 말이 있으신가요?

A 무엇인가를 손에 쥐고 있으면 손에 쥔 것만 내 것이지만 쥐고 있는 것을 놓으면 세상에 있는 것이 다 내 것이 될 수 있습니다. 너무 한 가지만 손에 꼭 쥐고 있지 마세요. 눈멀어요. 그것이 세상의 전부인 것처럼 생각하게 됩니다. 때로 손에 쥔 것을 놓아 보세요.

누구나 다 길 없는 산 앞에 서 있습니다. 인생은 누군가가 내어놓은 길을 따라가는 것이 아니라 길 없는 산에 들어서서 스스로 길을 내며 가는 것입니다. 낭떠러지와 절벽, 가시밭길과 깊은 강물 앞에 좌절하고, 실패하고, 절망하고, 방황하게 될 것입니다. 내 길을 내가 내며, 내 길로 내가 갑니다. 그게 삶이지요.

사는 일은 고행의 연속입니다. 내가 낸 길은 폭우가 쏟아져도 쉽게 유실되지도, 끊어지지도 않고, 폭설이 내려 쉬이 묻히지도 않을 것입니다. 그러다가 보면 세상이 바로 보일 것이고, 내가 갈 길이 더 뚜렷해질 것이고, 두려움과 부러움도 엷어질 것입니다. 그러다가 보면 어느 고개에서, 어느 굽이에서 걸어온 길을 돌아다보며 삶의 긍정을 얻게 되겠지요.

그러니 인생에 대한 정답이 없어요. 라이너 마리아 릴케의 시 한 편을 드립니다.

젊은 시인에게 주는 충고 라이너 마리아 릴케

마음속의 풀리지 않는 모든 문제들에 대해
인내를 가져라
문제 그 자체를 사랑하라
지금 당장 해답을 얻으려 하지 말라
그건 지금 당장 주어질 수 없으니까
중요한 건
모든 것을 살아 보는 일이다
지금 그 문제들을 살라

새로운 생각은 받아들이는 힘에서 온다

그러면 언젠가 먼 미래에

자신도 알지 못하는 사이에

삶이 너에게 해답을 가져다줄 테니까

Q 선생님은 앞으로 어떤 계획을 가지고 계신가요?

A 없어요. 이 나이에 무엇이 된다는 것은 욕심이지요. 나는 늘 지금
이 좋았어요. 되고 싶은 게 없으면 얼마나 좋은지 몰라요. 되고 싶은
게 없으면 다 되더라고요. 시인이 되려고 생각한 적 별로 없었는데.
시인이 되었으니 정말 얼마나 좋아요.

남은 생에 무엇이 아쉬운 사람이 되기 싫어요. 무엇이 좋고 나쁘
고 옳고 그르고 그런 일에 개인적으로 고개 숙이기 싫어요. 나는 어
디 졸졸 따라다니는 것 싫어해요. 회의하는 거 싫어하고요. 어디 밑
으로 들어가는 것 싫어해요. 시도, 시가 써지면 시를 쓰고, 안 써지면
또 어때요. 그렇게 살 것입니다.

지금은 전주에 살고 있어요. 내년 봄쯤 시골로 이사를 갑니다. 시
골에서, 내가 태어나 자라고 살았던 곳에서 살 거예요. 오래된 농부
들이 아픈 몸을 이끌고 느릿느릿 농사일을 하고, 뒤란에는 감나무가
있고, 달 뜨고 지고, 눈송이가 날아드는 우물이 있고, 문을 열어 고개

돌리면 굽이 돌아가는 강물이 보이는 집에서 살 거예요.

시도 미리 한 편 써놓았어요. 보여 줄까요?

봄, 이사(移徙) 김용택

　　버릴 것이 너무 많다
　　그러나
　　그것들도 다 내 것이니 트럭에 실었다.
　　내 살던 아파트
　　양지 쪽 베란다에 시 몇 편 놓아두었다.
　　너희들은 잘 있거라.
　　가을이 아니고, 뒤에서 꽃이 지니 슬프다.
　　이제, 나는 별빛 한 가닥도
　　함부로 쓰지 않을란다.

＊ 본문 중에 삽입된 시들은 인터뷰 후에 정리하면서 넣은 것입니다.

　　　　　　　새로운 생각은 받아들이는 힘에서 온다

아우름 07

새로운 생각은
받아들이는 힘에서 온다

1판 1쇄 발행 2015년 12월 7일
1판 4쇄 발행 2020년 2월 20일

지은이 김용택
펴낸이 김성구

단행본부 류현수 고혁 홍희정 현미나
디자인 이영민
제 작 신태섭
마케팅 최윤호 나길훈 김민지
관 리 노신영

표지 패턴 NOSTRESS 민유경

펴낸곳 (주)샘터사
등 록 2001년 10월 15일 제1-2923호
주 소 서울시 종로구 창경궁로35길 26 2층 (03076)
전 화 02-763-8965(단행본부) 02-763-8966(마케팅부)
팩 스 02-3672-1873 **이메일** book@isamtoh.com **홈페이지** www.isamtoh.com

© 김용택, 2015, Printed in Korea.

이 책은 저작권법에 따라 보호를 받는 저작물이므로 무단 전재와 복제를 금지하며,
이 책의 내용의 전부 또는 일부를 이용하려면 반드시 저작권자와 ㈜샘터사의 서면 동의를 받아야 합니다.

ISBN 978-89-464-2014-4 04800
ISBN 978-89-464-1885-1 04080(세트)

이 도서의 국립중앙도서관 출판시도서목록(CIP)은 e-CIP 홈페이지
(http://www.nl.go.kr/cip.php)에서 이용하실 수 있습니다. (CIP제어번호: CIP2015032622)

값은 뒤표지에 있습니다.
잘못 만들어진 책은 구입처에서 교환해 드립니다.